U0657551

贺小陆

享受孤独

贺永强诗歌三百首

贺永强 —— 著

作家出版社

贺 永 强 和 他 的 诗

　　本书以享受孤独为切入口，荟萃了诗人在喧嚣尘世中享受孤独人生时的哲学认知与诗样感受，共收录304首最新作品，分为"归来 像一阵风席卷孤独心灵""情爱 浸润孤独王国的全景图""沉浮 自由行走在孤独的波澜上""呼吸 让孤独成就自然风景""活着 记录孤独坚守的历程""留白 内心在孤独覆盖后闪耀""誓言 一切孤独者是最高尚的""时命 孤独的灵魂在游荡""今生 正在被孤独照亮的历史车轮"九个部分。诗中的深刻感悟，源于诗人内心恒定的坚守，融贯对人生意义、生命自由和心灵归途的高度尊重和由衷感恩。诗歌情理相生，格调高远，意境空灵，语言富于乡土味和旋律美。诗人着力于用思想照亮生活，构建一个意象交融的诗样世界，传递独特而深邃的诗性思考。诗人探寻智慧人生，坚守精神家园，对孤独人生过程中的体验、追问进行反思与求索，有其深刻体悟与独到发现。

贺 永 强

————

　　1973 年生于湖南宁乡，本科毕业于吉林大学，后获湖南大学博士学位。自中学时代开始诗歌创作，系中国校园诗歌运动的代表性人物。曾用笔名乡人、麦子等，公开发表诗作上千首，作品多次在国内外获奖。出版诗集《生命的漂流》《过程》《家在心灵故乡》等。其诗风既灵动飞扬，又厚重俊朗，含深刻哲思，具悠长情趣，与时代同行，用炽热饱满的笔触揭示人生的真谛，具有鲜明个性和情感张力。

　　贺永强曾为时政新闻记者，出访过上百个国家。后转行政工作，在多岗位锻炼中勤政廉洁。近年来潜心学术，现为大学教授、博士生导师，产业园研究院院长，为两个国家重点实验室的高级研究员和特聘专家，致力于发展院士经济，践行经世致用、知行合一。其人生经历丰富多姿、跌宕起伏，诗歌创作拥有丰厚的生活基础，在呈现人生哲思时展现潇洒奔放的万千气象。

自序

孤独是我的眼睛，
让我发现了自己的人生。
爱上孤独，从此享受。
爱上你们，因而分享。
祝福每一段孤独的人生，
都大有享受，而几无挣扎。

你不知道，我对孤独有多热爱。
你不知道，我的孤独有多深重。

我请你来共享的，
不仅有满目高悬的阳光，
更多眼底后无止的孤独。

目　录

第二辑　情爱　浸润孤独王国的全景图

第五辑　活着　记录孤独坚守的历程

第六辑　留白　内心在孤独覆盖后闪耀

第七辑　誓言　一切孤独者是最高尚的

第八辑 时命 孤独的灵魂在游荡

第九辑 今生 正在被孤独照亮的历史车轮

归 来

像一阵风席卷孤独心灵

第一辑

八月，一粒稻谷闪烁光芒

一

为了一粒粮食
麻雀在金色的视野中弹跳
那些远古的翅膀
在稻香壳黄之后
还原了生命的面目
是它，抢夺了我的饭碗

二

风穿堂而过
田野被晒干
远去的花蕊在天空飞扬
谷子，像敞亮的星星滑翔
青黄间出发的叶子正式逃亡
这不是奇观
只是立秋后
更加绷紧了这根弦
看到箭头一飞冲天

003

三

总有期待与伤痛发生在八月的这一天
炎热席卷了人世
许多人先后死去活来

哪里凉快哪里去
悲欢是趋势的证人
飘飞卷起道道热浪
在秋天的窗口
逐一接受盘点露出真相

四

不是聋子，是喧嚣中听不见声
不是瞎子，是黑夜里看不见光
收获季努力地爱试图忘记恨
躁动中刻苦地活并为此伤透脑筋
在谷粒的下方
总有喘息声脱颖而出
如几株稗子鹤立鸡群

五

在又一轮全新记忆中翻晒的人

已经在稻垄沉浮中揪出水分
那是汗珠或者泪滴
在追赶麻雀的路上保护收成
见识了万千枯荣后随叶归根

六

你总是害怕失去
担心浪费了自己宝贵一生
你又不是没看见
只一个秋日便让芸芸众生飘零

秋天，在我的冷眼中登陆
冬天，在你的膜拜中启程

2022 年 8 月 21 日

河流经故里的时候

面对时间的波浪
白天黑夜的起伏
雨与雷电的交替
一些固有的节奏
荡漾在两岸中间

是什么让人酣睡或无眠
我在季节的拐弯处
拾捡天空的阴影
我在大地的冻土层
细作深耕
我在河床的头顶
寻找智者乐水而栖的起因

夜色把如此多的黑
涂抹在我脸上
在梦想透窗而过的早上
发现自己迟起的无奈与懵懂
有小小的甜蜜
有更多的梦魇

窗台外的河

是从上落下的天空

水与土地在流失

一棵河中的树

向下生长的根茎

全力向天明挺进

总习惯在宁静的家园等你

向往心灵那个渡口

穿越风中四季

一起把握良缘

做伴青春的港湾

不同的过往殊途同归

约你看望芸芸众生的全景

面对白天的波浪

突发奇想

如果我不曾来过人间

这条河流并不重要

没有什么意义

如果我永远地离开人间

这条河流一定不复存在

面对夜晚的波浪

我与其随波逐流
不如顺流而下
与其枕流而栖
不如睁眼做梦
它为我流过全身
像一管血脉回到心腔
让我倍加珍惜感恩

历史是时间写的，河流呈现了历史
活着，就好
谁都不过是
时间波浪上一场起伏的睡眠
你深一点我浅一点
你短一点我长一点
我佩服你鼾声如雷
感慨生命中有如此的幸福安康

当河流经过
多少清洗已然发生
记忆里三五十年一百年
无非是几个波浪把一段航程串联
一拨拨人群走向远方
不曾留下只身孤影

在偶尔留下的几个踪迹边

几亿年长成的石头沉默无言
我顺手把其中的一些
摆放在心灵故乡
当成一生流连的景点

2022 年 6 月 1 日

莲雾

你像莲从梦乡来
雾一样
一缕炊烟袅袅
成为家乡最浓郁的味道
我咀嚼时光
清心润肺
从此与你不可分离

莲雾在我的生命中瓜熟蒂落
三四月的花五六月的果
生命的种子
萌动真情
莲雾在天空顺畅呼吸

今天不写诗
今天只研究莲雾
莲雾为什么洛阳纸贵
整个县城水果摊都脱销了
观音在莲花瓣上端坐已久
而我迟来

在生活的虚空中仰望真实

感到宝贵的幸福

莲雾铺垫的阶梯

让我在深渊下看见前方

我呼吸了自己的呼吸

莲雾启动我曾经的心肺

她亭亭玉立

从莲的前世到今生

雾里看莲

后会有期

2022 年 6 月 10 日

迷失

沉默的大多数
——列队经过
寓言与预言不断到达
穿越时空
寓言是领先的一部分
预言成为事实的全部

风吹草生
适应气候与环境
阳光与水一个昼夜打个来回
濡湿远远近近的光影

相见与别离
命运重复运转
所有人无意时空轮替

苍天大地请将时间地址发给我
不然我怎么定位
现在何方去向哪里
如何选择正在崩溃的下一程

我头顶的夕阳

照亮了异乡和异客

那是迷失的家人和乡亲

2022 年 7 月 21 日

枕头下的河

我在波澜的深层
溯源回到故乡的上游
栖息在河中间的阁楼
枕流入眠
河停止了前进
鱼停止了流浪

2022 年 6 月 27 日

我在一滴水里发现故乡

水里的故乡
折射了太阳的光芒
冲刷了岁月的堤防

水里的故乡
季风从眼睛中吹过
河床在额头上绽放

水在上升
光芒漫过故乡
最终超越我的堤防热泪夺眶

水在退去
露出久违的故乡
我漂泊的脸庞无处可藏

水里的故乡
一抹古铜色的遐想
一些血红色的苍茫
悠长或短暂的故事

都倾泻了无法形容的衷肠

人已睡去
一场风雨不断飘落
天正醒来
一朵浪花持续上扬

2022 年 6 月 28 日

天空的底色

今夜
我沿着故乡的山山水水转了一圈
比想象的浓郁
比久违的陌生

雨在这个时候下起来
滴滴答答出其不意
比想象的熟悉
比久违的磅礴

今夜，我在老家
一边写诗一边听雨回到从前
比想象的沧桑
比久违的荒凉

我在书桌上抬起头来
看到天空的底色向我奔涌
刹那间投影或还原
成为
我头发上的白

我眼珠里的黑

我用头发下的脑门

和眼睛里的余光

储存并加工

复制现时的自己

塑造未来的年轮

2022 年 4 月 26 日—27 日

故乡长镜头：箭头中的小溪流

一条小溪
发端外流河
闭塞故乡与开放外界相连
惊叹号隐藏在平静家园
险滩穿越前的最古老通途

这条小溪
本是要闻中的细小桥段
预报截图中的末梢神经
当季节的离弦运动发生
满弓的箭
搭载了我和整座身心
突然间读秒发射
昨夜开始至今未停
一场暴风雨
同步汇流奔涌

涨水的场景如此迫近
让人若无其事措手不及
我珍藏在人世上的全部家当

逼真地以一支箭的速度
扑向未知的遥远

这也是一种正常的出发与远方
设想箭落地
无论浪花是否被溅起
我心中的一身泥浆也在爬升
四月长镜头
聚焦特写脸，泪腺如小溪流暗潮奔涌

为什么看不到我泪流满面?
因为我一直在风雨中挺进!

我的春天
终将随着小溪流尽
箭一样消遁

同一条小溪
放大的，一张地图上的蛛丝马迹
缩小的，无垠长河的浩瀚蓝本

要站多高，才能看清人生的全景
要等多久，才能捕捉时间的身影

人，不可能两次踏入同一条河流

唯有我与父老乡亲，在一把泪的发源地千万次重逢！

2022 年 4 月 27 日—28 日

流在沩江上下游之间的左家河

来到很多年前
从河的上游开启
纳入我的目光
扫描左家河起伏的段落
一夜涨水
淤塞了下游的河床
而那正是我湿漉漉的眼眶

不止百转千回端详你
河源到河尾
一江水蓄尽千万种智慧
平日里奔跑中的有缘人
在彼此视野中生存
跨越在巴掌大的地方
不在码头就在岸边相逢

品尝一条河的味道
体会了所有的人世宴席
现在我再次溯流而上
天上的雨和云

将场景转移

少年跃入波浪，一往无前

与鱼蟹虾群扑腾

和奔涌的水珠赛跑

摸着石头过河去

平静或者惊奇，痴情的两幅面孔

水中倒立成长的影像

芦花飞翔扇动梦想的翅膀

状元楼上

读书郎的往事随波浏览

记忆逐浪高低

在浮萍的视线里

看一个草根流落何方

无论河东河西

还是桥北桥南

淡泊的人与水，在古老的渡口再次汇合

曾经沧海惊涛拍岸

潜入当下已无影无踪

只不过三十年四十年

一壶谷酒的功力

且将浓淡的光景慢慢复原

母亲在青山苍翠中睡去

父亲脸庞被夕阳映红

孩子们在河床上出发
我连夜从晨曦中归来

一条极其普通的河
覆盖了天下大势芸芸众生
徘徊、改道甚至逆行
成为日月山川上最好的前进

相伴一江起起伏伏
涨涨落落没有停顿
上游的雨已经出门
下游的水正在抵达
只见五月风抚摸流动的故乡
峰回路转
浩瀚无垠

2022 年 5 月 2 日

与一条河同居

在母亲的臂弯里
等待天明
与一条河同居
枕着涛声躺平
储存天空的形状
孕育云彩的轮廓
在乌云雷电后感慨
许多冰雹砸出伤疤裂缝里的事实
想象曾经途经的四季盘旋
预见滚滚东逝的蜿蜒
——被鼾声掩盖

那是那一天我沉醉
不知归路跌入水中
第二天我醒来
发现在母亲河上方枕流而眠

我时而足智多谋
时而贫病笨蠢
与河流同居

她不会把我嫌弃

我们在铺满浪花的床板上休憩

我跟着河流阅读理解

谈天说地梦游

这条河经过我的心腔与脑袋

一样地流向远方

一样地归于平静

不为随波逐流

与河同居

只是体会梦醒时分

思接千载神通万里

2022 年 5 月 16 日

一朵花在故乡上空绽放

透过一场大雾
分外夺目
花开了
声音响彻故乡的角落
同一个时分
天亮了
是花先催开黎明
还是黎明先照亮了花
循着一条蹊径走去
静观其中的奥妙

在雾里看花
必然想起那一双双种花的手
耕耘的手
隐藏的手
在芳华中绽放

许多年后
我都会记起这朵花这场雾
在心灵故乡的大地上

花落花开的一些经历
就像我永远记得你春风般脸上的秀丽
总是洒满阳光
记得过去当下与未来
在你被雨水冲洗过的深潭里
总是挂满惦记我的眼神

我与你一样
用水中捞月的方式
不小心收获了满园温暖
任凭花开的早晨
在我的全世界铺开
并延展到你的身边

2022 年 1 月 19 日

新茶上开出的花

在芽尖上收到春天
这些快递提醒我
世界正发生变化

我踮起脚尖
接纳知音
感恩几百年故土纯情
也许是一滴圣水的浇灌
一本经书的照耀
达成一粒尘埃里朽木还阳

残雪后破败的枝条
抽在萌动里
禅机只可意会
像极了万物枯荣

轮回的过程
我经过来过绕过
品尝了苦涩和甘甜
花与世界焕发清香余韵

叶片包裹莲心
就似光阴在暗淡中浸泡
全部投入的念想
悄然消失在一望无涯中

那里风起星河
听水车摇响铃铛
那里雨洒长空
观山高险阻的迷茫
顺着绿色脉络奔涌的精神顿悟
成长中开放
具有清明时节本质的气场

花开世界慈眉善目
光芒释放积淀的能量
在融汇贯通中搭载动力
叶片
驱动灵魂洒洒扬扬
拯救的神灵慢慢茁壮
氛围不急不慢
飘逸而空灵
挽着春风向阳而生

曾经
无边的黑暗包围了她

如今
挚热在花的轴心金光闪闪
温暖一层层扩展

从一片树叶上看到花开
此刻全宇宙只有我一个人
捧起手心里的菩提
水如泉漫出
在虹桥搭建的原野上滴答
阳光正好
花开不败

2022 年 4 月 8 日

运沙船

河心口的脚印
循序渐进
无论百舸争流
或者静海潜深
每一个步伐
都沉郁逼人

脚印来往进退
行踪被照亮或埋没
逆水行舟或随波流放
都不具特别含义
无法计算季节的成本
就好比浪拍河滩
卷走绝大多数记忆
在九十春光后
在秋霜满天中
潮流拉长一个时代的寓意

此刻我注目这些被践踏的道路
透过江风穿过渔火
刺入密封的光线

跨越河流融入天空

河道东方
鱼肚白朝我奔涌
万物向阳勃发生机

路经过大地
脚印将水陆续切开
走到我的窗台
踩着了眼前硕果仅存的一对镜片
脚印消失在远方
一季倒春寒尾随而来

那些冰雹
沙石一般狂泻
道路
在我心里猛涨
高出了年久失修的堤防

三四十年的近视眼镜
伴随尾声的一季
在河东河西跌停
我住在道路的十字街头
看漂向未知的风帆

2022 年 4 月 12 日

向往

我用蘸着酒精的手
翻动诗篇
我用蘸着春雨的手
揭开屋檐

诗酒田园里
隐藏的故乡下面
心事在蓬勃成长
我在酒后的诗行间眺望远方
和近在咫尺的明天相逢
未来已来
就在眼下拔节

翻动诗篇的手
目睹远方
揭开屋檐的手
发现梅丛
端起酒盅的手
搭起鹊窝

逐渐上升的温情

因为一场最新的雪

因为一场新雪的消融

逐渐露出连在一起的根茎

2021 年 6 月 4 日

我看见空气中流动的日光在飞舞

那些起伏的漫长人生

在大地上波诡云谲

苦难的理由众说纷纭

当流星扫过天际

有一个人和一群人

相互察言观色

他们的交谈小心翼翼

都看到了一些日渐惨重的对比

只是大都沉默

一只喜鹊和一群鸦飞过乌云

天暗下来地上水在流

湿漉漉的影子与天地相融

没有明暗对比

分不清谁是谁

空气中流动的日光

潜入深深的眼睛

成为这个时间地标的特征

一只左家河边的鸟，突然大吼一声

抖动羽毛上的水，口吐真相石破天惊

今夜，它们挣扎不停

明晨，它们誓言飞翔

见到这些过往事物的人

没有谁快乐只有谁更痛苦

擦去睫毛下的雨

拥抱今夜太阳远离的事实

无声地哭泣

在明天到来前

让风彻底蒸发记忆

我无数次看到空气在日光中飞舞

包围了你我都看到的风景

尤其是水田中夹杂的荷花

为了粮食，景观败于活命

稻香和莲韵在土地上空交集

一个时代的余音

绕梁三日而去

像落在皮肤上的血

浸泡了整个黄昏后的夜

我思念故乡的时候

就想起故乡具体的人

他们像一些平常的雨

啪啪啪跌落在地上江面
无论我怎么弯腰
都再也捡不起

2023 年 6 月 26 日

石桥的生日

石桥　在心灵故乡的传说中沉潜
多少年被油茶花掩映
我记得你久远的脸
选择在你明天的生日
我启程回去
看望白发双亲
和兄弟

石桥承载我的归期
你是我散落在时光伤疤中的诺言

故园多么美好
荒芜的溪水漫过
没有痕迹
一浪接着一浪
滋养收成
如今颗粒归仓
我却手捧空空行囊
在城市森林深处
度日如年

石桥

我的泪水流过长堤

贫瘠的心事浇灌

开出什么样的花

长出什么样的瓜

我攀援几根藤蔓

看到夕阳下站立的枝条错节盘根

石桥　我与你比肩而行

往事如炊烟浸润

相约从根部溯源到从前

我从这里出发

那是从前

2021 年 12 月 1 日

财富

眼睛看到的
都是故乡
虽然故乡一天天陌生

双脚踏过的
都是人生
虽然人生常常不平

眼睛里流出的水
脚板上磨出的泡
我不想要的财富在累积

我日益意识到这一点
它使我成为富翁

2021 年 12 月 12 日

滴在心灵故乡的水

东方风来
一夜的雨
通过木屋的瓦片
直接滴到我心里

我仔细聆听
将水的模样嵌入眼里
这些从天而降的知音
在我的胸怀里驻扎停留奔腾

潮起潮升
在我的心间成为一支河流
一片大海
我看到了太阳的光芒
看清了更大的世界

这就像今天早些时候
心灵故乡的贵客来了又走了
给我留下澄静悠长聚合的美妙时光

一滴水滴下来

那是苍天的眷顾

两滴水滴下来

那是我明亮的眼睛

2021 年 9 月 20 日

月光下的全景

昨晚的月亮
从几十年前升起
随着微风
飘到乡村源头
我正邀请贵客
饮酒吟诗

陈年往事一一到齐
阴晴圆缺的话题
与一泻千里的酒相知相遇
在浓烈氛围中逐浪而歌

今晨的星星
牵引鸡鸣阵阵
荷花仍在相继开放
香樟树枝头家雀纷飞
宣传良宵美景
透过树梢的光线
照亮我和亲人朋友

从昨天到今天
时间一刻没有停顿
故乡的故事持续翻动
星星月亮太阳
全宇宙的二十四小时
为我点灯

2021 年 9 月 22 日

所有的归途都是潮湿的

风吹雨打处

灯塔在眺望

久违的去向中

故乡在适时开放

与云重逢在飞翔的路上

渴望浸润了一程又一程

这是波浪推进的力证

目光抬高了的时辰

飞越而过

出发在季节的深蓝

如此生动传神

冷暖的波澜起伏

所有的归途都是潮湿的

一阵雨浇透心房

一朵花屋檐一样漫过头顶

2022 年 7 月 27 日

乡村见闻

一个少年
赤脚走过田塍
稻花一浪高过一浪
他前行转身
最后隐身无踪

一缕炊烟
从老家爬上屋顶
不紧不慢
传递母亲的呼喊

一只公鸡
按时打鸣
宣布时间的流向
多少天才多少年
都坚持只做一件事情

一群知了
大声喊着知了知了
只有我知道

它知道什么

在乡下
近来雨好大
天气变得凉快
只有我知道
不过是正常的寒暑易节
冷暖人生

2021 年 8 月 15 日

从昨夜出发

公鸡一遍遍打鸣

一声声急促

四点半的清晨

几千朵桂花在上升

上万亩竹林沾点光阴

心灵故乡的知己日益成熟

他们心知肚明极具耐心

看见我

正煮开九十九度的水

翻动诗篇

看见我和衣而睡

一夜未眠

自然界的大师

风范与天空紧密呼应

思维与大地先后结盟

在风云际会的家园

举起手

捧着天气预报

摇动今天的天线

在又一轮节气前溯源而上

准时赴约

最重要的信息收到无数回

肯定不止三次

正好在鸡鸣三遍后

我应声而起

故乡好声音

撞上一张红彤彤的脸

2021 年 9 月 7 日

当春如泉涌

当新叶往上涌的时候
我正在故乡忙碌
诗歌和田园作为生命的源头
就像一口古井酝酿的绿色液体
漫过路转峰回
与菜地茶园水稻田的葱茏呼应
在时光表面上的池塘渐次路过
旗帜的倒影在风中林立

彩色的鸟飞来
不慌不忙叼住我母亲亲手晾晒的萝卜条
母亲远远地望着这些飞舞的精灵
慈悲地注视并宽厚一笑
面对空旷而无垠的大地喊我
累了就歇会儿
她的声音好听而且传播得很远

当花朵往上涌的时候
头顶的天空脚下的泥土
都让人奋不顾身

将春天的指令一遍遍翻耕
用大水浇灌透彻
祥瑞的双手揉进诗与远方
这些老朋友像一堆意象
与我良久萦绕的灵魂共存
隐藏得够深

现在是时候像种子一般撒下
过往现在与未来提前邂逅
无意间回顾思考展望
像我伸了一个懒腰

当眼睛往上涌的时候
极少数人看到一个大事件
世界上第一粒种子发芽了
未来的这一片森林制造氧气影响气候
绿色连接祝福的规律

从昨夜到今晨我凝视着叶片上的老茧
春天的纹路装点翅膀
我直视复杂的根系
抚摸自己坚如磐石的航程
春天孕育了一群鸟
都是在春天诞生的孩子

春天每一天
耽误不起
彩色的那一只
提早一天到达
在其他鸟群飞到之前
预览了九万里画卷

2022 年 3 月 22 日

与一只花喜鹊同行

今早我路过稻田

在垂下头的谷芒上方

细数光阴

一边咀嚼

灌浆以来的事实

琢磨判断与收成同样沉甸的历史

我弯下腰身

脚印踏在粮食的根部

在一束束远去的稻香中

迎接咫尺天涯的炊烟

丰收并不遥远

花喜鹊蹦蹦跳跳过来了

告诉我

不过是几步的距离

2021 年 9 月 8 日

在蒲公英的叶尖上挥手

清晨我回到家门

鸡鸣狗欢的光景

收获阳光

又一缕风

随母亲推开田园

与一滴露水或是汗水同行

看打湿鞋面的脚印

如何嵌入土地

盘算倾斜的倒影

如何持续站立

视野里

都是熟悉的人和事

一些稻谷在快速长成

花粉开始弥漫

猜想有序进行的灌浆

正逐渐恒定饱满

好多的蒲公英

把风撼动

在绿意充盈的叶尖上匍匐前进
贴近大地
追逐光线
又一次出发悄悄生成

还有成群的鸭子
在荷塘表面平静地畅游
细察水中繁忙的脚步
如何后蹬向前

草尖上的力量
在回流在积累
在填空在溅射
在时间的四方预约汇合
叶片上的伞盖张开
向上的天空被风鼓起
无数的伞群大雁一样升起来
飞翔势不可挡

九月的雁阵
即将经过我的手心
阳光从露水中探出头
一把捉住了我的手
鸭儿起飞了
原来是一只只蛰伏的天鹅

我的手和千万片草尖一起挥动

向上的气流

在光芒中瞬间加速

一个箭步

越过九万里长空

2021 年 7 月 20 日

为了更美好的日子

循着月亮寻找家乡
那是春天芽衣上的畅想
沿着乡间小道回望乡村
伴几许炊烟袅袅
正是莺飞草长时
母亲喊我回家吃饭了

山乡放飞的时光变幻
精彩携手无边梦想
诗与远方共诉衷肠
风雨后携程阳光明朗

田园描摹梦想的主场
故土传承时代的力量
每一天向阳生长
拔节的苗儿伸直腰板
这山望见那山高
山高看到远方

总是在攀登时节把你想起

手握住稻花香追赶晨阳

总是这一束光

伴收获季稻谷进仓

将故园的果实镀满金黄

故乡行走的步伐大步流星

我手握镰刀

一脸虔诚的向往

2022 年 9 月 3 日

在一朵花开的路上

在一朵盛开的桃花里
找到进入的路径
沿着又一年春色的脚印
开拓世外桃源

花静静开放
水慢慢流动
我摸着跳跃的心口
想象着又一年的美景
阳光打在脸上在花瓣中延伸
桃之夭夭，灼灼其华
理想在蠢蠢欲动无比隐忍

无法逃避
路早作安排
即便今天如此人迹罕至
也必须往前走往前走

一个叫故乡的地方
在睫毛下日渐清晰

设计的前程与宿命
成为眼神回望里脚下的路
成为心花开放中低垂的泪
它洒在我跟前
浸润了家园

刚刚在时间的营养中治愈
又奔向不确定的路上
花在滴血下成滂沱大雨
花在呼喊又一个春天来了
我把我看到的都藏起来
连同那个无比熟悉的自己
活着只是一种幻觉
就像这桃花面若春风

2023 年 2 月 28 日

抵达心灵故乡

捕鱼为业的故乡
行走在水上
渡口上的风
吹落一地缤纷
人面桃花
在枝丫上闪烁
千万年前的诺言
似三日同辉
万众瞩目的水府阁
极目远望
注意到一个凡人的身影

我来得正是时候
在水流中突飞猛进
目睹如此壮景
不禁热泪盈盈

泪光中的源头
在交汇中奔腾
水鸟层出不穷

惺惺相惜的知音
守候逝去的光阴
驾鹤而至
自然翩跹

长河与落日
构成故事的尾部
在眼底的河床潜入
卵石水草鱼群机帆船
现时的老朋友
交相辉映

我出发晚了
最迟
赶上最后一班船
准时抵达
只见神仙徐道长早已打开故乡的山门
长发披肩
道法自然

2021 年 7 月 24 日

波涛是闪动的心脏

在故乡的长河中
闪动的心脏
只有这一颗让我注目
无数的波涛是无数的心脏
故国水乡此起彼伏跳跃不断
我跟随无数段故事的身影
一同出门去逐浪

流淌在故乡的激越
爆发式增长
铺天盖地代表了奋进和抗争
波涛的涨落里
融汇了过往的洪荒

波涛在六月后再次诞生
一首骚体诗血脉偾张
泪水与雨水在循环出发中合流
裹挟了外面的天里面的地
从一颗名叫人生的心脏里发源

流动的血管匆匆

没有时间悲伤

波涛，带着夏日的炙热和遗梦

在暗流涌动中奔忙

对应我内心惶惶

今天我经过一场大水冲垮的田基

禾叶高潮跌宕

目见心跳的缘起

大米，爹娘，炊烟，夕阳

伴随我一一逝去的青春

每一片波涛上的翻覆

都终将卷起风尘

洒向滚滚天际

包裹了人世所有的悲凉

雨季不是一场雨构成的

千百年来的眼泪下在浩瀚的江中

每一声起伏的心跳

都埋藏了最深刻的回望

2023 年 7 月 3 日

从五株柳树中穿插而过

泥土积累的树林

颔首低回

鸟飞蛙鸣

皓月当空

自然的馈赠

铺成延伸的路

摊开的书本

即时对应

母亲的叮咛

故乡的召唤

像手心握住手背

六月从花簇中眺望

半座山的倒影

横空出世

亲眼仰望的田园

茁壮成长

迈过去

融入天籁无言

回过头

汇合人声鼎沸

我吹了吹眼里的一片落叶

轻轻揉揉

秋天尚远

我转身继续挺进

五株柳树

与我携手同程

2021 年 7 月 25 日

枯树、鸟窝与风

村口一棵古树
两百年来第一次枯萎
十年来长出的叶子
三年前悉数凋零
最后一片
随疫情降落在上一盏风中
走过路过的人踩踏而行

停顿在大气候和周期率
我倚于枯荣的规律缘木求鱼
发现了树上鸟的窝
它叶子一般往下掉
倾覆之下尚有完卵
我一一细数
发现新发现不禁尖叫

枯木逢春那一天
追风的少年已白发翩翩
地上的窝里
绿色的心跳已经开启

大鹏正在孵化

地球呼啸而过

九万里，在下一盏风中

不过树底到树梢的距离

2023 年 7 月 28 日

在一个滴水的早晨我回到家

在动车的视野里
那些洪水般退去的乡亲
那些被洪荒肆虐过的庄稼林
被一声声无言的泪与呐喊抓紧

八月的异象揪心
警告了大地
天空，百年一遇的戏在开演
雨一样倾洒
锣鼓喧天
白驹飞起
撕风的疼痛或近或远
近在喉咙里发炎
远若天际的云烟

后退的雨下在
星辰太阳交替的间隙
下在我刚刚结疤的伤口
漩涡中向前去
捡起被浸泡的眼睛

碰到颤抖的手心

这些父老的年景

他们重复的清晨与黄昏

像一只只落汤鸡

被相继拎起

2023 年 8 月 12 日

情 爱 ┃ 第
　　　　　　　 二
浸润孤独王国的全景图 ┃ 辑

父亲节的三张图片

一张全世界黑暗
一张满天空星斗
一张太阳像一束追光

大多数情形下见不到的奔跑
被追光照亮
如此真实地延伸到星光和黑暗中

才理解这个渐进过程
我花费了多年的期待
为此竭尽全力
为此孤独坚持
如此粗糙麻烦的人生蹦跳
构成全要素的世间场景

生命的轨道
承载责任与规则一路同行

有什么意义
除了活着

越努力越荒诞

越孤独越怀疑

事实在父亲的肩膀、手和脚上结茧

脚走出黑暗

手拨亮星斗

肩膀，接受离太阳最近的阳光

我无数次仰望过父亲

因而拍到这三张图片

也正接受儿子向上倾注的神情

我抓紧他的手

目睹黑暗前方星斗布下的足迹

发现太阳在乌云边缘上镶嵌的金边

相信，儿子葵花般的脸，终将与太阳合为一体

2022 年 6 月 19 日

向父亲汇报

父亲走了很多年
年年今天都回来
七月半
他最先收到请帖

母亲的布置有条有理
擦洗了门楣
清理了道路
让唯一回得去的从前
在父亲闻到的熟悉气息中
保持畅通

我也赶在这一天
回老家接客
在一炷又一炷香的时间里
与父亲再见
将漫长的过去和深沉的未来
作为一门现实的功课
认真研究
回答父亲那年出门时反复交代的问题

今天

我都将一一告诉他

新的进展

七月收成

淹没在洪水里

老天的泪水一眼望不到边

父亲

我欲哭无泪

但无愧于心

所以今晚

握住您的手

我的第一个请求是

您可否以恩泽的名义

改变天气

2021 年 8 月 17 日

在春天的上空出发

——献给我的母亲，和所有正在春天出发的亲友

极为正常的三月一天

我在时光中穿行

飞过昨天的光芒

在起伏的尖端

在冷暖的底部

在高耸的云崖

把翅膀抚摸

擦亮蓬勃的眼神

纷至沓来的认知与判断

构成窗台上的一场春雨

正飘过来

一阵风

在回归故园的跨越中

吹开一丛丛鲜艳旅程

雄鸡打鸣三遍

从不疲倦的星辰月亮太阳

在天空陆续集结

我举起感恩和祝福的旗

在每一个山头峰顶做下标记

来路上去向中一目了然
让每一回扎根安营
让每一次力拔头筹
在天空篆刻下印痕

引导时空的力
返本归元
萦绕着故事的匾额
未来可期
正义良知美好在休憩中成长
气候越发孕育温暖
春天的清晨
纯美真情延展
黑暗中的光线一路奔涌
从今开始不断直行

泪流下来
春天的露水翻腾
每一个雨滴折射了光
打在窗帘拉开的视野
映入梦醒后的时分

最先被照亮的明媚已经持续发芽
坦荡赤诚一往情深茁壮
这些相继出现的春天翅膀

被千百目光凝望

这些坚持乐观的春天轨道

被亿万霞光普照

2022 年 3 月 1 日

今天以爱命名

我在时间的一个横断面上为母亲献歌。

——题记

5月20日
我极目远眺
靠近故乡呼吸新鲜空气
收获了鸟鸣鸡叫
柳绿花红
油菜籽已准时集合在地坪

大本营快乐无比
到处是您构建的掩体
关于生活与爱情
关于拔节与收成
您不停奋战持续发力
像一缕旷野中稻垄间穿行的清风

您聚拢了阳光下
地面上的风景
我只看到您

绿色中挺进的身影

您开花结果的场景
涂满爱的标记
金种子从四面涌动
在田园屋角填空
声势浩大的耕耘
响应八方繁忙的主张

只是在今天此刻
山水间凸起了一条清闲路径
我试图挽住您辛勤的臂膀
陪您回娘家走走
成为左右手中一只鸭或鸡

爱被形容多少回
520
昨天新媳妇刚过门
今天回到初嫁的年轮
十七岁您美丽年轻
在花沃湾的夏季
欢呼的阵仗簇拥
您王者归来
爱的脸庞上泛起青涩的光芒

我捧起这一缕骄阳

520

虔诚的心房

稻花无比香

2022 年 5 月 20 日

今天当我穿过这扇篱笆门

我携手风声雨声
在昨夜的梦中启程
母亲的千年铁树一年一花开世界
父亲的万山红遍新竹成林
始于酷暑八月的新绿在摇曳
栀子花的果实与黄菊花并肩站在一起

这么多久违的脸
沧桑的血丝重叠在门前
蜘蛛网恍若经年
错乱的光摆在门楣上移动
不正常的夏天来了走了
我似乎早已忘记
只在这一刻，从那季走过来的花、果实与大地
重创我的记忆
正常的冬天来了
我调整了心灵感应
和故乡与冷暖相逢
把天空平静的影子一一收于内心

对于新的寒潮我沉默寡言

穿过这扇篱笆门

种花去种草去

把树的芽衣埋在山尖

看风在耳边走远

看雨后故事如此逼真

看赶在冬天前揭开的漫长秘密

不曾在寒潮来袭前逃离退缩的人

与我一样的往事前程都在坚挺

在故乡拥抱渴望与怀念

具体的事项一一呈现

接过母亲递过来的棉衣

父亲的谷酒酒力如雄风

余温在这些长年累月沉淀的陈谷子旧芝麻中发酵

与我的经历一一对照

如同天气预报提前确认

把往事炊烟埋进土里

让根与明春的初芽首尾相连

穿过这扇篱笆门

太阳跟在身后

把我的影子拉得很高很长

风卷起千万片

漫天飞叶日益久远

2022 年 11 月 13 日

向前冲的六月

——献给即将参加中考的儿子

今天

我决定写一首赞美诗

记叙如期而至的六月

描写天地间的炽热

大清早

阳光贴近地面

我沿着醒来的夏至

像蹦跳的小马驹

或者飞舞的蜜蜂

与最爱的小朋友携手并肩

与千百辆共享单车一起

在校园周边

见识成长的茁壮

伴随空气里鞭策的分量

向前冲

诗情洋溢

斑马道　起跑线

车鸣声　发令枪

极其容易合为一体

少年向中考挺进
拔节的动态
在牵牛花的喇叭筒中汇集
马儿嗒嗒嗒在蜜蜂萦绕下形成主旋律
正是早上八点钟的太阳
开始播报头条新闻

他如此神闲气定
举手投足
并不吃力
这个驾轻就熟的骑兵
通过几个绿灯
在开阔的视野中
不曾犹豫向前冲

我追随他
盯着阳光与大地交相辉映的车轮
想象着风中他花蕊般延伸的脸
仰望旋转的足迹
感慨美妙而丰满的情缘
如此精彩绝伦

他把一道直线交给我的眼睛
马儿一路向前
端庄大方沉稳矫健

在六月的诗笺上

紧扣主题

四个跃进的车轮在诗行中交织

将我的视野

从下往上拉升

注视拔地而起的诗篇

神形俱备

如影随形

他的身影

我的身影

渐次重叠成一面彩虹般的旗

在大山大江上方

在秋天的家门口正前方

相向迎风

飘

扬

卷起舒展而壮阔的波浪

2021 年 6 月 21 日

早上六点五十八分，小雨中的北京

早上六点五十八分
这里是北京
露珠
牵挂昨夜今晨的风
闪亮登场
在枝头上端地标一样神采飞扬
昭示了主流的迹象

六点五十八分
中考季
川流不息
孩子们张开双臂
鸟儿一样翩跹
在直播现场
捧起葵花般的笑脸
故事纷纷提前抵达
乘势而上正点相见

这些舞动的身影
这些高举的右手

这些清爽的活力

和我一起

推开校门

一簇簇五彩的枝条尽情摇曳

露珠碰触到我跳跃的期待

天空准备好了

大地准备好了

六点五十八分

向往与誓言

都格外庄重

我准备好了

只见此时的北京

鸟儿　枝丫和露珠

成群的意象更加鲜明

我诗人一样在凝视中驻足思量

在现实中亲眼看见

露珠

透过新嫩阳光

透过浓郁初绿

在这个夏天的时空

洒成一场太阳雨

那无数个第一滴

都在演绎精彩盛典

我仰望这上下贯通的雨滴

多么像风筝的线

放飞的时空中

蓬勃的枝丫

展翅的小鸟

都在陶醉中沉浸

六点五十八分的北京

小雨

理所当然

也打湿了我仰望的眼睛

她潜入我深刻的头颅

揪住了我敏感的神经

"滴答滴答"

那是

六点五十八分后的考场

开考的第一道铃

紧随八点整的人生

向前奔跑的足音

2021 年 6 月 24 日

雨一直在下

——献给中考第二天的儿子

昨夜我受到强烈鼓励

小小的雨声

预报信息

一阵阵一遍遍

打湿了我梦中的土地

我陶醉在

一串串足音

一声声发令枪中

用梦里梦外反复掀起床单的手

在天空上方涂画一道道彩虹

一群鸟儿正好飞过

我一一叫得出它们的名字

只见它们很开心的模样

振翅把雨滴弹射

光芒在我的窗口绽开

顿时

我放眼看见

湿湿的视野中

鸟群和树木花草

潮起潮生

在雨滴的衬托下

开成一朵朵云

2021 年 6 月 25 日

种地

其时是一个凉快的早上
我在北京南城浇水
面对天空大地
竭尽所能
帮助一些嫩芽成长
投入了全部身心与毅力

其时是昨夜刚下过雨
一连三天或者更多几天
我只是条件反射
干着想干能干应干的事
从不施肥治虫
只是把杂草拔除毫不留情
主要是浇一些水
更多地把脚步留停
坚决守护这无尽的光阴

这事关未来的劳动
果实正分批结成
茄子辣椒冬瓜空心菜

一日三餐样样不缺

而明天后面的秋天

日渐临近

我盘算着

准备这富裕而贫病的身心

如何与丰茂的菜园

在孤独而坦然的地方惊喜相逢

顺其自然的爱

点点滴滴

并不独特

习惯在每一个清早

浇灌的心与手合二为一

偶尔接个电话

细心聆听来自远方的消息

风雨故人

那些理想的梦游者

有本领的正劳力

逐渐清醒

大都前赴后继

分道扬镳去了上海或者更远的城

与当初南辕北辙

构成愁肠百结

正经都是一些爱热闹的老朋友

跟我诉说

寂寞与不开心

我这是在一个什么样的场景下
耕种
明天要与儿子谈心
为此我打好了腹稿
备足了干劲
浇完地
就要去见他
他中考顺利
我们相约见面

故事与情节大抵如此
真实地关上门打开窗
虚幻地眺望命运的光亮
与自己亲手种下的希望
灵魂附体
正如我对老朋友的挂肚牵肠
如此生动难忘

衣丰食足
滋阴壮阳
冷静呼吸
菜园的上方
古树多么灵性

与我的预感对应

她的全部顶端

在这几年已经死去

当我注意到天空中的枯影

就发现她

环绕的活力犹存

在簇拥着绿色的叶片里

金种子持续向上延伸

我在她的根部按时足量浇水

日月如梭不差毫分

枝头

一只花喜鹊

悄然映入眼帘

2021 年 6 月 27 日

清晨的喜鹊声

收到一封家书
欣赏一段惊喜
东方的窗帘打开高光
我思念从前
向往远方

花喜鹊从天亮前起飞
衔来
幸福的消息

我在盛装翘首中
面对朝阳
面对大地
面对亲人
收下快递
内心喜悦充满感恩

一群喜鹊飞跃在天空
知音难觅
如此应点

早上好

早上真好

7 月 5 日的早晨

报告一个庆典的诞生

喜鹊即将继续往前飞

在我家门口稍作停留

等待与一个少年

结伴而行

2021 年 7 月 5 日

九月一日的观察

第一道铃声响了
彩球瞬间腾空
跟着气球上升
千万多只
争先恐后
我作为其中之一
从中学校园的围墙上
一同上升
最先探出头
看见青春的丽影
回望一个再熟悉不过的人
仅仅是刚才
把他手把手交到这里
就如此惦记

气球在光线中延伸
九月一日
我的身体在光线里飞行
看到了校园的小树林
和时间的全景

2021年9月1日

再度飞翔

你是自己的神
听从内心召唤
响应外部玄机
无限种可能里
只选择第一种方案
不惧怕好坏对错成败

你勇敢向前
锻炼特殊的材料
深入广大而细微的结构
在向往的空间探寻短长
当神奇气质滑过悠长的手臂
你已掌握自己的世界标准

再一次
在纳米的另一个端点
升腾上升
身影不凡
只为你所知所见

我们都受到启迪

懂得

张开双臂拥抱的

是梦想的往昔

降落后双脚踏实的

是仰望的前程

2021 年 9 月 14 日

我的模样

我的模样
与青春年少一同转瞬即逝
长久地停留在当下
扑朔迷离的风中
悬浮在出发的方向

这样的模样
让我专注时间的模样
浸泡人生的模样
与飞舞叶子的模样

我与你一个模样
一把泥土上种子的开落
一缕轻风中云朵的舒展
一段故事里反复的冲击

我不曾讲述
你应已知晓
当你俯视泥土的时候
仰望星空的时候

回忆往事的时候

深深浅浅，起起落落

你就看见了我的模样

2023 年 7 月 22 日

最新动向

今天起

做一个有趣有味的人

左手弹琴

右手写诗

和小孩一起成长

陪母亲说家长里短

发自内心感到重要

从不觉得无聊

偶尔探出头去

神仙一样地预言天气

在下雨前的秋天

收起翻晒的棉衣

响应公鸡的号召

守时早睡早起

打理好年近半百的身体

在约定的饭桌上从不失态

饮酒半酣时唱歌三首

放心一醉

祝福的诚意浓过酒精

烟酒不分家

吐出来的烟圈

是气定神闲的证明

难免要回忆过去

节奏不紧不慢

在故事结尾时总要说

时间过得好快呀

流露的珍重感恩

立刻感动了所有人

在感动所有人之前

首先喝醉了自己

2021 年 8 月 8 日

宁乡的雪

与我一道登陆故乡
这连成片的天空中
窟窿眼里滴冒跑漏的往事与前程
漫山遍野覆盖大地与伤心

在眼睛里揉了揉
只是一些血水或泪
像碰触到沙子一样疼痛
也难忍如盐
谎言在飞一般抵达
让梦想成为现实的美景
让黑暗反射白色的光明

天下与宁乡雷同
我只关注眼前的雪
去年的水汽
从板结的裂缝里升空
坠落
自六月开始到今天
公鸡停止打鸣

鸦雀无声，竹山倒伏

反复的警报随夜正点光临

下得天昏地暗

去年夏天到冬天

水循环播放无休无尽

在沆瀣一气与生生不息中轮转

我哈了一口气

满屏的云雾充满两块镜片

雪花一夜未眠

每一朵都朝我瞪眼

春天还会远吗

天，知道

我知道

2023 年 1 月 16 日

今夜为你写诗

不可避免的有百分之九十九
变化的计划
让痛苦堆成山
无需打开眼睛
一样可以呼吸
我理解你的黑夜并尊重你

靠近你的时候，作为礼物
我给你看我的伤疤
那些已经愈合的往事
和永远流在血里的诗篇

这是我与你的交流
沉默无言，抚摸手心上纠缠的曲线
我的诗飘进你的生活前
也与你一样浸透了生活的点滴

一样在大地上仰望落日的霞光
一样发现了天空的伤痕
一样羡慕夜色中的流星

一样懂得泪水打湿了宇宙的眼睛

所有的云彩雾一样漫过
在时间规划的情境中
放下梦游回到人间
沿着积攒下的微光
照亮世上的余年

百分之九十九的痛苦
最终在百分之一的空间
形成一柱持久的光
照亮所有的诗意
让活着成为幸免

夜在离开，夜在到来
今夜漫长，为你写诗
我陪你行进，请保持耐心

诗，是镜像内外的家园
在现实与虚幻之间成长
百分之九十九是阳光上的杂草
百分之一是黑夜下的口粮

2023 年 7 月 7 日

没有哪一滴泪水是甜的

每一刻都在脸上笑
更多时候在眼睛里哭
规律面前悲喜没有规律
你看到我如雨下的泪
总是流经一张笑脸

欢乐的时候落泪
更多的时候因为痛
我舔了舔
总是很苦很咸
幸福的泪也是这样
确信没有哪一滴甜

我的眼睛是用来流泪的
无论它看到了什么

2021 年 12 月 25 日

相互理解

每一个浪里
都有波峰波谷的距离

你看不到
只因为距离太远

我看到的波峰波谷
与你距离太远

每一朵云里
都有展舒的天

你看不到
只因为距离太远

我看到的云展云舒
与你距离太远

2021 年 12 月 28 日

风中的花瓣

我在狂风中
看到遗撒的花瓣
看到走过后
花瓣很快填埋了身后的步伐

这是事实
风是历史的证明
将时间拉长成无数轮回
那些被吹动的每一瓣
纷纷扬扬
在我思想时引发行动

我翻开它们的脸谱
朝风吹来的方向
辨识一腔心绪

我不会在落花中裹足
我向目的地循序渐进
与出发时一样独行
毅然在沿途告别热闹的人群

像我在花瓣中拨开树丛

阳光照亮我

长满誓言的森林

2021 年 11 月 26 日

距离

我和人生
隔着一条河
隔着一条路
隔着一辈子
隔着一座田园

河的距离在拉长
路的距离在增厚
一辈子的距离在拓宽
田园的距离在加深

这是我看得见的距离
在于昨天和今天
在于今天和明天
远近长短快慢不过两三天

我用这样的时间
蹚过去跨过去
始终只是路过经过

最后
在拐弯抹角处
零距离下沉到田园

2021 年 12 月 17 日

太阳与人生

太阳升上来
落下去
我不断用一天的时间
规划一生

无数个太阳升上来
落下去
我总共用一生的时间
感知一天

太阳给了我机会
让我看到了无数个自己
以及与自己相关的人生

以及向前走的身影
向后退的轻风

我
如影随风

2021年10月3日

都市的红叶

我从城市的心脏
径直走进城边森林
万山红遍时分
释怀劳苦的内心

我到达的时候
这些曾经飞舞的面容
奔腾挚爱的生命
在寒来暑往中凝固
回归尘土与根

花青素与叶绿素的较真
在时间中比试抗衡
当绿色的门帘拉下
红色的感叹油然而生

没有谁改变谁
只是走好自己的那一程
规定动作
红尘从上而下倾落

咏叹低调近乎无言

自然的姿色

契合日常的玄机

主题词在演化蜕变

绝不是洗尽铅华或喷涂印染

红艳脱颖而出

光鲜的头顶

透明的本质坚挺

不外乎虚空一场

美梦成真或者梦魇受惊

我目睹裂开的墙垣上

红色的管子一根根次第爆裂

血滴滴答答流淌

草木灰无垠地奏响

外貌正经而美丽的芸芸众生

纷至沓来

让红叶照亮自己

我揭穿了内心的伤疤

把霜打的茄子

塞进课本

举着书签

双手向上落荒而逃

2021 年 11 月 2 日

秋天的土地

跳跃的诗行

引导我一起去了菜园

伴随芬芳的节奏

瓜熟蒂落

汇总成人生的回响

都是些老朋友

好久不见

沧桑的眉目与手相逢

我满心欢喜

忍不住赞叹

这片土地

彼此的故事

结成果实的既往

纷纷扬扬

高深的旋律

宝贵的知音

如此惺惺相惜

意象起承转合

在几亩田土上铺开

发现自己的身影

我拾起来

如同拾起少年时的蓑衣

我生命中最早的一件盔甲

如今披挂上阵

握紧写诗的武器

依然炯炯有神

秋天的土地

是我涨红的脸

水

悄悄地冲刷

水

漫过地平线

2021 年 9 月 15 日

诗与九月的相遇

我一直在诗里生活
偶尔走进生活中写诗

如同今天早上
看到太阳踱过树梢
给向阳的窗台铺上金光

我是在眼眶边上
直接看到水漫金山
摹写了光阴的模样
一漾一漾
和心跳合拍

多么像我蹒跚学步
起起伏伏
像每一季每一天形状的年轮
在树干上蓬勃张望

正当我遗失了从前的时候
阳光启发眼皮下的记忆

当我累了倦了
看到这些熟知的景物
难免不油然而生爱怜
难免不追根溯源

诊断书从天边来到眼前
窗台上伸向天空的树梢
依然没有发芽
四周的叶片仍在
花喜鹊晃动着尾巴

这里是秋后的诗篇
与远方隔着时日距离
我在诗中的秋后等待
在心里等待
在阳光中等待
在花开结果后
一片荒野外
潜下心
分辨阳光下的黑暗
和暗物质
如同在无比热爱中
诅咒和痛恨

阳光能理解我

我在写诗前
早就充分酝酿
放弃了邪恶与残忍

现在
我合着节拍与韵味
返回到诗中
继续生活
提笔四顾
阳光下
一些人在泯灭
黑暗中
更多诗在燃烧

2021 年 9 月 17 日

据说现在有这么一个诗人

他从太阳下找到黑暗
就像从一堆黄豆中
找到一粒黑色芝麻

他发现的黑暗
是尾随了他一生的影子
他找到的那粒黑芝麻
是他那只瞪着的眼睛
而那些黄豆
其实就是他脚下
千万年
黄色大地广袤无垠

2021 年 9 月 17 日

126

昨夜我在梦的深处失眠

如此空间
如此黑夜
我决定不再做行尸走肉
再一次鼓足很大信心
要把骨架躺平

我设计好了梦想
是做一只鸟
最好是一只站着的天鹅
飞跨整个梦境

在梦的边沿
意念翻动记录与我聊天
先前的故事拉扯目光
我目睹高高的夜空下方
幕布一样的悬崖
联想起侧身处有一棵枯萎的树上
今年春上几个嫩芽幸存

鸟儿即将起飞

127

蹬腿的力气

震动枯枝开始掉下来

嫩芽一起掉下来

层层递进

灰尘掉下来

我沿着汗水与泪水的反坐力

直接与滴滴和答答一起

在最优美的飞翔后

在垮掉的林子上方坠落

选择一种无聊无奈的方式抵达

到家了

在肉体的深处

汇集了无尽的光阴

大家交头接耳

像心知肚明的知音

林子里什么鸟都有

天鹅凤凰麻雀

喜鹊还是乌鸦

都与落汤鸡一个模样

大家都疲惫哀伤

苦笑一场

起伏了六月农历火热

路边荆传统的植物

刚开始打鸣的年轻叫鸡公

被宰割的动物

汗水泪水烩成一铁锅夏天的意象

清炖或蒸煮

都是熟悉的时光

时令与气候并行

鸟儿像一粒灰尘回归

击中我的脑门

循环的经验在天亮前

成批散发并即刻传递

一夜的风声雪一样下过

无声无息

该睡的人人事不省

有人在凌晨街边吃烧烤灌扎啤

只有我在床上热泪滔天

我睡在千年之后

醒在昨天以前

当下不断失眠

此刻痴人说梦

为纷扬的真理打卦

脑袋摇一摇

卦筒里的签撒了一地

其中有一支盯着我眼睛
把我的镜片击中
竹做的汗青从右边渐次打开
上上下下倒过来正过去
我看见没有一个字

白茫茫真干净
天鹅在梦的边沿收起翅膀
我细数她羽毛上滑下的一滴一滴
在日益放大的瞳孔中凝固
只见她停下脚步不再奔波劳顿
在另一个伤口滴血无挂无碍

丰富而空虚的水滴
形成一条往后退的路
我在梦的上方
看见
流转的时间与人声

2021 年 7 月 10 日

今晚的月亮好圆

我朝着一碗热气腾腾的祝福
从南向北疾驰
华北平原里的视线
一跃千里

第一次月圆之夜
潮汐在澎湃
总有一些磅礴的力量
让鲜活的节奏牵肠挂肚
奔跑的力量向前走
又一程希望的事物在升腾
日子在继续
月光在次第展开
相逢相见相识
在磁器口上方
寒冷笼罩不住的容颜如玉
这些纯粹的灵魂喷薄而出
装点了节气
让我情不能自已

今晚的月亮好圆

洁净无尘

她突破一年的冰雪

在黑夜中被点亮

灯火阑珊中我们相视而笑

互道珍重

今夜，度尽劫波

黑暗是无边的襁褓

炽热期待的那张脸

正从中探出头来

元宵和月亮

闪烁着两只明媚的眼

2022 年 2 月 15 日

眼看着月亮在远去

眼看着月亮在远去
花朵一样起落
潮汐在退去
地平线日渐宁静

经历风涛
走过巨浪
跨越宇宙星辰的巧合与奇遇

月亮开在夏日里
习惯走向秋季
一路向冬天滑出视线
我与月亮都只是偶然相见
在时间与空间的张合中
人生不过是行走的灰尘

一张空网左摇右摆
面孔被涨潮的水带动
虚拟的世界在加速运转
月亮的花瓣被旋转散开

一张网收拢在飞逝的更远方

今夜，无关浪漫温柔
月亮在远去，花落无痕
现实中下一个春天
记忆打开门的罅隙

2022 年 7 月 20 日

以祝福的名义

靠紧一点
在雨淹房垮的日子
在疫情泛滥的年份
在孤独的间隙
喝酒唱歌写诗
用这个手机
瞬间秒回
感受远近冷暖的情义

现实不是一两天艰难
必须强打精神
不计成本
把宝押在乐观上
精神胜利法
浪费了生命
愿赌服输

以祝福的名义与你在一起
为了明天

2021年8月13日

感恩节备忘录

昨夜从风暴中过去

烟与云结合

起伏在我行进的路上

星星像一排排灯笼里的火

次第打开

在我通过后

仍然闪烁

你陪我一同走在十字街头

沉默是你的习惯

一直等到绿灯

才捧着我滴血的指尖说

那里就是医院大门

近来你一直劝我加衣

增加营养喝点鸡汤

今早又预言家一般发来问候

祝福我平安过冬

我领受你的心意

在伤口中坐起身
看到你脸上长满康乃馨
携带一群鲜花和绿叶
在我的病房外扎根

我在温暖中记住了寒冷
就像我不会好了伤疤忘了疼

2021 年 11 月 25 日

得一荟

我将自己反锁
把钥匙丢弃在窗外的江里
不再回顾过去
只把一片红叶夹在掌中
合一在精心安放后的心上
得一修行
得一孤独

得一以生
荟萃一堂

都是些老朋友来
多少年不曾打搅我
在蓦然惊诧中发现孤独
这些天大的秘诀
彼此殊途同归时心知肚明
我们谈谈笑笑和气致祥
以沫相濡抚摸伤口
从容得像描绘一段美好联想

房子里装满了阳光

在黑色且坚固的墙边

我们挖掘生活或者发现漏洞

寻找下一步的路

只因无路可走

便在这里待一会

建荣哥的眉山上峰回路转

蔡霞姐的视线中湘江拂面

这些行走的灵魂

脱去了虚假的肉壳

从曲折与累赘中放松

在房子里坐下来

在沉默中站起身

在出发的路前

在回到家的门后

一万片叶子随风而逝

只因一瓣花的悲悯

偿还了前世今生的愿

2023 年 8 月 7 日

新年礼物

把一朵花给你
把一段河给你
把一棵树给你
把一个窗台给你
封闭的窗台上，有我种下的无数盆景
有一条我枕头下流过的暗河
有一座我目光中隐藏的山林

把一壶茶给你
把一坛酒给你
把一本书给你
打开的书里
夹着一片我曾经历的无垠天空
茶里翻飞着我去年双手采摘的红叶
酒的脉络里
流淌着我目睹的往事
苦短情长，都与燃烧的你紧紧关联

在一个寒潮掠过的新年抵达前
我挥霍了所有的元气、时间与精神

踮起脚尖把一切都送给你

把整个的孤独留下来
也留下颤抖的手
抚摸喉咙与肺
让呼啸在风口的嘶哑
让刀割在痛点的呐喊
为你的治愈扬威助力

面对病毒一样蔓延的敌人
和灰尘一样席卷的生灵
我举起这只颤抖的手
写下雷霆万钧的挽歌
安放在通向新一年的伤口

2022 年 12 月 24 日

我把头埋进胸怀里

从那一年到这一年
在多少个风口上起飞
在多少个渡口上返回
沉浮的船
与起伏的萍
别离又重逢

手心里尽是湍急的河床
密如蛛网
隔岸观火的人
不是一个两个
知音早已顺流而下
剩下的都别有用意

我把头埋进胸怀里
摘了面具隐去面孔
在所有的光线中逆行
好像在黑色的天气里
将一颗无与伦比的心
捂在阳光中的被窝里

骗局连续多少年

我看破时间的把戏

它将如何收场

我静静地观察

居然有人在我结疤的胸口上撒盐

不禁大吃一惊

2021 年 8 月 23 日

沉 浮

自由行走在孤独的波澜上

第三辑

在天黑出发

天黑或者浓浓大雾

时间与自然的规律

铺垫了人生的底盘

是花瓣掩盖月光阳光星光

冬眠中凝固温暖

忧郁的阴影在起伏

这一刻至暗天黑未曾停下

在视线中出发

看到黑色

一树落英穿过我的眼睛

像错乱的时空里漫天大雪

在一天的经验里看四季交替

在一朵花的凋敝与开放中看辽阔的寂静

春天的夜晚

多少人辗转不眠

多少心中的过去在滴落

陈旧的往事在退潮

知道结果却不知道过程的日历

纷纷扬扬

如花般倾洒

我对黑夜并不陌生
它是我人生的一个反光
我悄悄把过去的自己抱紧
独自在一树果实的想象中向上仰望和延伸

枝头还不是人间四月天
满目的鲜花只是被黑夜收集的阴影
一地的花从空中降下
那是黑夜扯碎的日月星辰

2022 年 12 月 25 日

命运共同体

一群蚂蚁在树干上行走
绕了一圈又一圈
此时树正在扩张它的年轮

蚂蚁与树
在规划的道路上前进
在忙着它们重要的事
我看了半天
也没见有什么大事发生
直到风起
树的摇摆中蚂蚁掉到我手心

我一直跟它们一样
只是此刻偶然间
撞见了雷同的命运

我对蚁生如此熟悉
我对人生如此陌生
我对蚂蚁行程十分明了
我对树的年轮模糊不清

天下排名第一的课题

为了研究命运

我与这片树林和蚂蚁的共同体已经结成

2022 年 6 月 11 日

在梦里我醉了一生

当我喝酒的时候
请原谅我酩酊不知归路
还好
我不是自我陶醉

当我入睡的时候
请相信我依然有梦
还好
我没有完全失眠

酒的反应是
在燃烧后回归清醒

梦的奥妙是
在绽放后实现沉醉

为什么喝酒
因为酒在那里
为什么做梦
因为夜长梦短

在酒中

我清醒了一夜

在梦里

我大醉了一生

2022 年 6 月 16 日

寻找痛点

有种绝对值
我的心很痛
比的不是谁更严重

不可能分担我的疼
因为你既不敏感
也无法理解

虽然我一个人痛
也不抱怨自己极为孤单

有种相对值
在正常的苦难上方
你的快乐比我多

只有我发现
你笑得突然活得侥幸

你飞来飞去
翅膀与身体

最终分崩离析撒满一地
天空的倒影
像雪一样坍塌
压住了你

你没有喊痛
你不自知
你正在欣赏雪景

有一种普遍规律
是雪
从天空上落下
把你我覆盖
在你那里成为风景
在我这里成了盐

这是我最深的病灶
最大的痛点
你的天空雪花仍在开放
我的土地盐在拨弄伤情

2022 年 5 月 18 日

落汤鸡

在浓郁的丛林里
有一双眼睛，看河从两侧滚滚
浪淘尽我不能掉头的知音

理解水的来龙与去脉
初始与终结我谙熟于心

江河的隐秘，陈谷子烂芝麻
涛声不曾停顿，那是掺在我眼睛里的沙

在中流的伙伴夺关闯隘
湘水余波集结洞庭湖的凤凰麻雀
见过几个风浪奔向天涯
在无尽漩涡中花谢花开

我不是泅渡者
无意涉江而行
在落水后爬上岸
不是凤凰麻雀

只是一只落汤鸡
侥幸晾晒湿漉漉的恓惶
至今惊魂未定

2022 年 6 月 17 日

中国画

四肢像根一样爬行
笔描摹大地与天空
写实我的躯体写意我的灵魂

疼痛在脉络上蜿蜒
最紧要处着墨不多
深深浅浅一场雨的渲染
像有情人垂泪
将时间人物故事环境勾勒
我紧紧依附这些正在流失的土地岁月和青春
在预置的视野里固化成景

必然有忍住哭的冲动
蘸着悲喜失调的比例
我的根深，我的径远，青筋暴起
我毛细血管中流动的高压
呈现画的主体

多少绝处逢生
延展无数细枝末节

树林掩映路径

人与路向前

背影里面目全无

逐渐空旷凄凉

情形如一片无限留白

谁都不是看客

画中人

白茫茫里外穿行

2022 年 6 月 18 日

在河床上醒来

在一条大河的上方
在一座大桥的西岸
全时空路过经过
苏醒的万物

过程与行进的结果
又一次启动
时间的流向
隐藏的力量
带我认识
逼真的现实中
那些流失在昨天的考量与问卷
那些延展至今日的泅渡与迷津
苦苦追寻的经历与起起伏伏的规律
此时
纳入眼底的沧桑奥秘
一一拱手相见

河与山同在同行
亿万个太阳相继沉入河心

和奔跑的水一道失踪

只有这一回

在我的视野下方升起

一条走高的金色直线

跃入窗户后的眼睛

纵览跳跃的壮景

在曲折的垂直上方

拉开了一百八十度的窗帘

倾泻的光芒一览无余

每一滴水都参与其中

荡漾的波光帆影中

奔流的船与岸

汇合

在我的额头上大放异彩

公元 2021 年 9 月 23 日清晨

渔人码头昨夜芳华散尽

航程依旧向北

百舸持续争流

罕见的人和早起的我

亲见一桩天下大事发生

三日同辉

如影随形妙不可言

2021 年 9 月 23 日

夜在耳边停顿

痴人说梦
记忆在远方起伏
来到大脑的窗台
唤醒了我的昨天

雪花是天空的胡须
覆盖了众人的脸
唯独白酒的陈酿
把我耳朵拎起
面红耳赤
像拎着一炉炭火
在北风中穿越过冬

早没了愤怒
许多小鸟猫狗走过
许多植物花朵离去
只剩下些许叹息
踩着光线的脸
一些季节相继枯萎
一些脚步仍将发芽

一些枯枝在瑟瑟发抖
一些树叶衔住了风

在年的这边
咫尺相思病入膏肓
陷入困境忍痛割爱
没有被镀亮的日月星辰
暗藏在耳蜗里的春天

2023 年 1 月 13 日

162

退守在时光的拐角处

在观察中留意时间
学一个斗士
在云雾里打捞河山

在退去中记住故事
观一个菩萨
在历史中拯救漩涡

挣扎着标记每一段沉痛的航程
竭力呈现每一次人海的浮生

在记与忘记中
小寒潮来袭
冻结时间定格规律
未来的痛更加彻底
这使我选择在夜深
僵硬地叼起烟圈
假装努力而潇洒
无所谓地端详自己
从不畏惧回到从前

活着的侥幸与死去的可能十分吻合
未知产生幻觉时近时远苟且偷生
现实是
白天，阳世落满时光的烟尘
黑夜，阴间搭载命运的余烬
多少岁月扬长而去
我紧随一粒灰土策马挥鞭

时也命也
呼吸在叹息里凝结
更加浩渺无垠的眼皮下
冰雕中的美人鱼
琥珀里的飞蛾
成为一个时代的片刻
我的命运从未低头
我一直在仰望天空
并因此熬过黑夜
记住星辰
预知明天清晨
从未停顿的冬季
雪在伤口上开放
如花的笑靥向阳而生

2023 年 1 月 8 日

今年春天的形势

当一条河的上游泛滥成灾
我在下游的家园
打捞水上漂泊的木板和沉潜的墙砖
想起这是谁的家园与泪水
我的眼睛放射在水上
四处搜寻

在事实表面低下头
注目春天的另一个事实
此时，江水漫过红花绿叶
卷起我的窗帘

春水像胡须狂长
爬过我的眼睛
在头顶筑巢
那正是我不得不接受的又一个家园

莺飞草长
三月

我曾经举过头顶的右手

在迅速枯萎

2022 年 4 月 4 日

春天的经验

一位知音在河边上对我说，如果有人懂你爱你陪你，你的世界便只有春天。

——题记

记住这个季节

花儿开过

鸟儿飞过

你来陪过

我们总是因为一些自己在意的小支点

获得长久支撑

于是度过了漫长煎熬的时光

所有的疑问都以无愧的态度作答

所有的失去都以收到的方式补齐

所有的迟来都在黑夜中消化缓冲

所有的晨阳都在星光背面准时启程

同一片天空下

我用无数失眠的代价

去圆一场场从未做过的梦

广袤大地上巍峨的山奔跑的河

在恢弘布景上篆刻

一朵小花芳香满天

一声鸣唱气贯长虹

一位知音温暖柔软

对比短暂的地球生命

这些微光中的细节与点滴

对应了磅礴的频率

发现微不足道的自己蕴含于其中

一些快乐

一些惊喜

一些容易被忽视的珍奇

一些奥妙中正常死亡的侥幸和横空出世的必然

因为只相看一朵花开

因为只相闻一声鸟鸣

因为只相拥难觅知音

与你相逢的世界上

只剩下整个春天

2022 年 4 月 13 日晨

关于天气的预报

网格布局整个天空
我清晰定位日历
三月阳光明媚
四月到处下雨
剥开下一季的纬线
五月女人的双乳间堆满冰雪
六月男人的眉眼上杂草丛生

我在未来到来前更加理解现在
珍视喝酒品茶写诗
除去朴素的衣食起居
一日三餐萝卜白菜以外闭口不提
对过往无能为力
不能透支明天
在春天躲藏或隐身
在老屋和母亲背后
注目一树一树的花持续褪色
春天的开放与凋零同步进行
花期持续沉默
花粉掀动鼻息满天

你问关我什么事

我只想就事论事

将经验与实际对比

两个枝丫狭路相逢

味觉碰触在所难免

一朵朵花跌跌撞撞冲击脑门

阵阵眩晕与清醒交替

不知道是什么鸟依然在云中歌唱

只知道

阳光普照长空

一片花瓣撑起的天穹下

被我祝福和怜爱的人们风雨兼程

2022 年 4 月 6 日

四月的寓言

四月的大地
阳光中的农历
属于国人传统
关心农事桑麻，春耕夏耘，向往美好生活目标
开始反复呼吸，检测肺部功能，重视被忽略的关键

四月的天空
长虹升起前
打湿芸芸众生一身

四月的人间
我在入口处迷惑
在逆行中加速
在人困马乏时
全程侥幸倍感余幸

四月的脸庞
风雨兼顾
我与葵花同向张望
面对加深的疑惑心力衰竭

头脑逐渐损伤
面孔在回忆中不断归零

四月的傍晚
我迅速低下头
关上灯
警惕地面对自己
看到清晰的夜色合围
知道的事情已经结束
不知道的事情正在发生
如同此刻大作的蛙声

四月的门口
我种的树向上挺进
我养的鱼跨跃龙门
我喂的鸡展翅试飞
他们如此痴情
暴露了隐瞒的行程

四月的一天
我与
一截阳光中的橡子
一碟春风里的咸鱼
一锅拂晓前没有成为凤凰的清炖土鸡

在芳菲尽头思考从前

于是放下纠结彷徨
在墙上撕下所有的历书

2022 年 4 月 24 日

天气预报说

四月的日历
被雷电打湿一大片
撕开好些裂缝
像倾倒的老瓷器
向上张望
头晕目眩

在花开的一天
看透一阵风一场雨，并不难
难的是
对比一把从天而降的雪
与伤口中心的盐
体会春风春雨中摇摆不停的花瓣，与雪
两朵花如何相依

四月六点钟的早晨
一个早起的失眠人
目睹雪落的全过程
雪片在他眼睛里凝结
堵住了血脉

憋得通红
分明心在喊痛
嘴上又不说
却习惯让天气预报说

最难的日子
出现在规律中
当一些传说终成事实
当一些无关紧要火烧眉毛
不知道哪一朵花代表了春天
哪一朵开成高音喇叭

只听喇叭里天气预报说
四月不会下雪
我没能躲过一劫

2022 年 4 月 16 日

日常生活

我看见云飞过来
风飞过来
走向菜园
拔草采摘

上个月我去了南方
仅仅一个月时间
草与菜都一起自然疯长

熟透了的烂在地上
西红柿茄子一脸无辜
正好几只辣椒红似火焰
空心菜长得茁壮
我拔了草摘了菜
花了一个早晨时间
正当我考虑收成得失
以及要不要浇水时
一场雨猝不及防
下了下来
我毫不犹豫转身跟随一只公鸡

跳回了家

对儿子说
"菜很好
我这就给你做饭去"
他正在专心做作业
头也不抬对我说
"窗外下雨了
雨好大"

2021 年 7 月 27 日

习 惯

养成一种习惯
有多难
一边走路
一边写诗

低头看路
抬头写诗
还要兼顾别的事
比如说房子外头
今天我的一株荷花死了
六月中午火热太阳煮开盆里的水把她烫死
可以想象她挣扎的模样
我内疚痛苦
半小时后天降温下了雨
我才来到她面前

我习惯在白天写诗晚上动笔
我习惯在人前沉默在人后口若悬河
我习惯与一只公鸡为伴
总能听见它准点打鸣

我习惯在近视镜片前贴上一片叶子
习惯闭上眼睛侧耳倾听
习惯张开嘴巴只是用来灌入酒精

我习惯不再相信梦
不相信梦里荷花复活

习惯就好
习惯成自然
自然而然

2021 年 7 月 27 日

我在一片荷叶下面看雨

雨和水不分彼此
是一种好东西
从天而降从地升腾
灵魂附体

浇地
在你当初试图梦想开花的地方

照镜子
见识你为悦己者容的装扮

载舟
往前冲
尽管南辕北辙总难幸免

雨水
不舍昼夜地流
一条长河贯通血脉
在荷叶与花尖上
风卷潮头的澎湃

让理想的旗漂流

逝者如斯

新陈代谢

从心里排出体外

以最后一滴泪的形式

与我道别

上善若水

砸到地上

藕断丝连

2021 年 7 月 28 日

门框上的窗

昨夜我把记性丢了
忘了伤害
忘了谎言
忘了房门钥匙

寻找中
看到紧锁门板上方的光明
那是一扇打开的窗
一个不曾留意的地方

此时她让光线延伸
使我的畅想触手可及
飞越天空成为可能

我靠近窗户
感恩上帝的手
将凡人的眼眉照亮
注意到一种守恒的能量
一种无奈中的幸运在积累

我看到扇动的气流

直入云端

空气中布满了鸟阵

房门外

到处都是逆光飞行的翅膀

2021 年 7 月 28 日

风声

背对着向阳房子
渐渐长成的大树
比房子长久一些
二百年的风雨雷电
什么没见过

昨夜醒来
突然发现
树死在阳光中在和风中

我多么惊讶
寂静的枯枝枯丫上方
我从我的居所探出头来
审视蔚蓝色的家园四围
扼腕痛惜无奈叹气

和穿过枯枝而来的风相见
轻柔细语
还是一样的甜蜜呼吸
甚至更好

头顶上天空

与全世界一样纯净

并不是所有的天空都阴云密布狂风怒号

我只知道

围绕这棵树

一切不曾改变

一切已经改变

这棵树

我筑巢的古树

确定

在明媚的风里

在黑夜的终点

死了

风在吹

在阳光中

穿过死去的枝干

送来准确的气息

吹进我的耳朵

告诉我

等待，枯木逢春

2021 年 8 月 1 日

致贺荷花生日

我在荷花的生日里
一年三百六十五度
怀念从前
思念水中的畅想
如叶片飘扬的祝愿

碧水连天
一条条航道次第打开
又愈合上
了无踪迹
珠儿鱼儿一样的壮观
从这里洒向远方

摇橹的男人
携带浣纱的女子
在相映红的底色上
淡妆浓抹
铺满古朴空灵

在虚实间故事一再开放

六月的炎热

腊月的寒冰

总有根茎在匍匐前进

看见与等待

不可分割

在头顶弥漫长空

在脚底隐忍经年

这些高贵的品质

被忘却的经验

从淤泥中第一次探出头来

在与我对视后横空问世

今天你的生日

我陪伴在身边

捧起尖尖角的祝福

宽恕欲念的种子

敬重无形的参悟

曼妙的心与手

在花枝上萦绕

渐次钻出水面

我竖着耳朵

往上打听

沿着横的方向

注视满舱籽实

迅速长大的因果

巧然天成

风轻云淡

一段尘缘广为传颂

不过是花开花谢

叶卷叶舒

当繁华渐落回归清静

只听见雨声滴滴

我用荷叶做成的杯子

一饮见底

杯尽空洞

本来无一物

何处惹尘埃

2021 年 8 月 2 日

发现一个规律

习惯了远行
和奔跑的人
在黎明前与公鸡成了朋友
又在黄昏时
与老黄牛肩并肩
称兄道弟

总有一些坚硬的身影
在泡沫浮起来的水流上方
踏空
当人们从三十楼顶跳下去的时候
他认为在起飞

脚上磨出来的茧
在无尽的路上堆积
目光日益模糊
蜘蛛网
在老镜片后方
分崩离析

没有必要恨一个人一件事那么久

生命毕竟短暂
忍着注定要忍受的东西
做一个胜利的自己

当我发现了一个规律
从许多年后转身
一不留神碰见你
你的笑脸在故乡的残阳中濡血
打湿我镜片后头的肺腑心灵

一只花喜鹊飞过
这只公认的快乐精灵
呜呜呜唱着歌
马上有水滴在我的头顶降落
是太阳下的雨
还是泪水鼻血
我
无须考证
心知肚明

那些忍着眼泪笑的人
仰望天空或俯视大地
都只为不让你
看见他的脸

2021 年 8 月 19 日

面孔

一张脸
见证过朝阳
葵花般旋转

一张脸
目睹过耕耘
牛一样打拼

一张脸
发现了四季轮回
炎凉更替的秘密

一张脸
真诚而沧桑
卓越而无力

一张脸
回到母亲的怀里
被反复爱抚

一张脸
从秋天枝头上
率先落地

2021 年 8 月 22 日

在一粒灰尘上竭尽全力

以奋斗的名义
做有出息的生命

往往只是草率地活
很累地设防
封锁的门外
排着从前与未来

争斗与欺骗时刻都在
善良与正义日益沉沦

一粒灰尘挡住去路
为努力活竭尽全力
折腾到无能为力
拼命到感动自己
什么道理
没什么道理

无处不在的地球
是我们眼睛里最大的那粒灰尘

我们在这粒灰尘上生生不息
时不时鼓捣起一阵风

在风中揉眼睛
我终于弄清
是从眼睛里揉出来的灰尘
最终形成了人生

2021 年 8 月 23 日

就像一坛酒倾落人间

我在热浪袭击后返城
寻找亲人和知音
留心画意诗情
期待一些放松

从天而降的酒
直逼水泥森林
波光汹涌
覆盖了我的身影
疲惫而孤独
何等现实残忍

我在倾盆之下狂饮
面向天空无愧而沉醉
储存的阀门
开封了甘霖

一场大酒
见证人心
回归很久以前

沉沉浮浮

向往很久以后

深深浅浅

我被风搀扶

风的声音娓娓动听

水青翠欲滴

像嫩芽吐露的气息

我拨开一些枯枝杂叶

拨开小小的波涛

走自己的道路势不可挡

这些原装的酒

与我的肠胃和思维搅拌均匀

我千万次自问自答

"为什么喝？"

"酒在那里！"

醒来睡去一夜无言

风雨后的清晨

扑鼻香浓强大阵容

陈年的老友把我唤醒

诗情与现实

再度关联

昨夜今晨

一坛酒路过我的身体

她在一夜之间跨越升腾

东方白

在五十三度或更高的瓶口上方

恒温恒湿继续发酵

我习以为常

融会贯通

遥想千年脉动

感怀今世余生

注意这些酒做的水

欲擒故纵喜极而泣

2021 年 7 月 2 日

从大观园出来

既然有的是时间

就去红楼转转

寂寞的眼睛和无聊的脸

碰触日渐远去又重归的情景

注意湖心里那些野鸭子

如此波澜不惊

沿着故事情节

近在眼前的曲曲折折

顺着这皇城菜园宽大叶子的血脉

循序渐进

道路上菜叶被一茬茬切割

喧哗隐藏递进的伤痕

关于悲欢喜怒

此处有一百二十回雷同

我的脑袋一片空白

我只留心朱栏玉砌花容月色

那些影射的人生

那些粉饰的面孔

都是线装书里的主仆君臣

并不陌生
庭台院落荷花密不透风
我在两个脚步下见缝插针

现实的写照漫不经心
余晖直接打在门楼正梁
王府前后方
这座京城
七月拉响无数场预警
嫩芽在挺进在漫卷中
世事又一轮一轮诞生

我一一走过去
踩着地上的戏台
情不自禁充满怜惜
爱得如此虚假
病得如此痴妄
痛得如此深奥
荷叶上的心事
去留无痕
一帘幽梦
卷起史书外轰轰烈烈的几段爱情
情绪难以言传
荷叶上托举不起的泪水
终究滚出视野丢在街边

被许多车急速碾轧
同一片天空下雨了
几千年几百年时间
掀起一阵风
溅了我一身

从大观园出来
我懵懵懂懂
像一块补天石
坠落人间
没有下文

2021 年 7 月 3 日

清理车库

许多记忆杂乱纷呈
如果不是刻意去找寻
从来都想不起会再见

有点像一首古诗
或四十年前的流行音乐
消遁在闹市街头
再见时往往面目全非

我循着手
从上往下
揭开解决方案
捧住这些老朋友的脸
手心上的血
往上冲

眼光的源头
唯一的自留地多年荒废
空置的往事余光浩荡
几台电脑自行车

几堆书本酒瓶

我十分惭愧
我忍不住哭泣
刚腾出来的地方
瞬间又被泪水填充
物件挤过来
将我抱紧
我深陷其中的脚拔不出来

如此孤独
如何和解

我的世界太大
我的房子太小

2021 年 6 月 29 日

倒影

碎影流年
又一个枕流而居的清晨
重复的天空之镜
照亮河上的船
钓鱼的远非姜太公
心动的都是河鲜

倒影是最隐秘的天空
倒影是最踏实的大地
倒影是我早上起来
看到昨天的夕阳升起把记忆重现
是，抬头看到日月同辉
低头想起今天早上五点四十三分开始写的诗

在奔腾的上方
我看到了倒影
看到万物奔跑时逆向的光圈
黑白成像的框框中
一些人生向前冲动
一批灵魂靠后停留

我的思维和身体静止不动
已非一天两天
天地与万物在运行
故事与传说在重复
欲望与红尘在飞翔
没有人挽留谁
我也没有拖历史后腿
只是在沉默中
看到倒影
看到你们兴趣盎然
决心挺直壮志未酬的腰

时间倒流
河倒行地球倒转
当太阳从西边升起
我正从梦中醒来

倒影是人间烟火
像鼓动的口号
召唤倒立行进的船
扇动花一样的翅膀
向前行
搅碎了所有的记忆

我喷出一团火

涂抹成朝霞

那是脸盆大的虚像

我喷出一口血

堆积成夕阳

那是无垠的心声

2022 年 6 月 8 日

学会像凡人一样快乐轻松

冬至日
我恪守不渝的诺言
在日头中爬上山顶
光线越来越长
照亮我的孤冷
和元气一样步入枝条
缓缓的水蠕动
透彻肺腑
覆盖了过往的年景

这在很久以前
简直不可思议
从追求脱俗的奔腾中
一条道走到黑
直到今天
才接受平凡的因果
在阳光下回过神
专注诚实行动
守望恰当缘分
思念并祝福一些好人亲人

都是一些能够掌握的命运

见时候不早了
带着每一丝光亮
牵引回程的路
像小时候离开村庄时那么小心
不敢惊动任何一位乡邻
归途上没有星辰大海
平凡中表里如一
吃五谷杂粮扯家长里短
回望十载寒窗万里征程
太阳升起的每一个脚印
都暗淡了儿女情长

万物轮回没有停顿
如此的寒夜后又是循环播放的节气
冬至大如年
草木灰纷扬的脸面
建构家徒四壁的时空
努力翻寻过去和未来
平分与切割
像剥开黑暗中的残灯
只见天亮了
谁也无法主导的苍穹
在世间游戏人生

我仿若捡起一枚生锈的叶片

正反两片都堆满了若即若离的光阴

我吹了口气

嘶哑的内心和日上三竿的背影都原地打转

冬至快乐

一颗头瓜熟蒂落

在天亮时分叶落归根

露出些许笑意

把一片叶子紧紧攥在手心

我感到一生最平凡轻松

2021 年 12 月 21 日

一只鸟向大地俯冲

我躺在高高的窗台上
听一夜鸟叫
早上七点多
鸟叫声逐渐远去
睁开眼看到
原来它在俯冲

自由落体
地球上的另一种引力与规律
对应曾经展翅翱翔的梦呓
虚拟的天空中
镜像的实体倒影
归向海拔高度零

我在早已预知的结局前
观察散漫的一段征程
鸟叫声声
深沉的叹息
宣告物理的流动

它将了我一军
迫使我必须继续前行
在加速向上的反光镜里
回眸自己的风景

一只鸟向地面俯冲
一截倒流的时光
一条逆沉的射线
在朝阳下不可避免地向现实挺进

个体生物的无奈悲伤
适时被宽广的地表接纳并填埋
只有我一个人有闲工夫留意这些碎片的飞扬

要不了很久
在鸟儿落地的回响前
几乎所有人都不再想起
这究竟是什么鸟东西
如此一骑绝尘
为何毅然决然

2022 年 5 月 25 日

江边的景观

一夜光阴
我在晨雾中醒来
只见风的眼中
卷起千万堆雪一样的波澜
在江河的表层
在柔软的中央迟缓漂过

一只萤火虫
拿出了全部储存的能量
在天亮前照耀小小的土地
在黑夜中浓缩大大的忧伤

一群睡莲
习惯了在起伏中沉默
距花开尚久
随光波远去不曾迟疑

一条长河
向北流动
逆河床而上

激发南下船只的力量

一个梦
昨夜我攀上高山
如星辰坠落
成为一粒沙子驻扎在河中间

江边的景观
背光的历史
隐藏的真实
全部的自己
打动我
传递给你

为了你
我全神贯注

2021 年 11 月 20 日

212

窗台上的事实

雾大是一个事实
天地在云海间沉浮

花骨朵未醒是一个事实
与我起得太早对比鲜明

无法拉上帘是一个事实
我亲手保留了这扇眺望的窗

风雨很大是一个事实
让我雾里看花的轮廓更加迷惑

眼睛咽喉牙齿都痛是一个事实
明白看到了呼吸了咀嚼了什么

我的诗被痛激发
是一个事实

我的酒被爱绑架
是一个事实

依然活着但来日并不方长
是一个事实

没有哪一种快乐永远缺席
是一个事实

没有哪一份孤独持续势单力薄
是一个事实

当雨过天晴豁然开朗气贯长虹
未来阳光照亮今天窗台上的一头雾水
是一个可以看到的事实

该来的该去的
都调好了闹钟
让诗融化痛让爱释放酒樽
事实是不得不努力挪动脚步行动

窗台上
我用右手率先指出
作为人起码和完全应该掌握的全部事实

我把窗台上见到的事实都急切地告诉你
事实证明
我对你充满无比期待与爱怜

2021 年 11 月 21 日

瞳孔

天明的时候
我睁一只眼
天黑的时候
我闭一只眼

猫头鹰的经验
让光线交替漏过我的眼
让渗出的点滴把生活打湿

睁开的眼
看到很多，世事沧桑
闭着的眼
知道很多，雾海迷茫

无论睁开或闭上
我不再有记忆与恐惧
当下如此平静，什么都不想
我只想
在瞳孔扩散前

看最后抵达的光

如何照亮我被黑夜吞噬的灵魂

2023 年 7 月 20 日

光阴的涟漪

徘徊脚印深渊
流连惨淡记忆
多年意气风华
从前诗样憧憬
接受泪的溅落
一圈一圈描述光阴的痕迹

在一场泪水下成的大雨中思考
在一场头脑酝酿的暴风中静默
在雷电中抚摸光怪陆离
看莲花撕扯破碎的乐章
见菩提叶上苦难的灵魂在飘移
一棵拦腰折断的树上种子在裂变

日月星辰大地
都浸染了现时气息
在岸的尽头与尘埃深处滴落涨潮
一个人回眸转身，铸就一场涅槃
醍醐灌顶，下决心开始

彻底把谎言、过去和未来忘记

白天直射

阳光撞到墙上的斑驳

夜晚星光

映照笼中鸟冲向云顶

花开两朵并蒂而生

是痛，治愈了免疫

是病，修复了抵抗

在必然与偶然中放弃侥幸

只任内心融入光阴的流转

一个人的一生算不得什么

我的心仍在等待

弯曲时空下光阴的波澜

承载能量把我抛离人海

我的大脑将穿越世界

引力波直通宇宙中心

光阴的故事

已经永别诗与远方

光阴的涟漪

从此生生不息毋容置疑

凡是治愈

都是自愈

2023 年 7 月 24 日

呼 吸

让孤独成就自然风景

第四辑

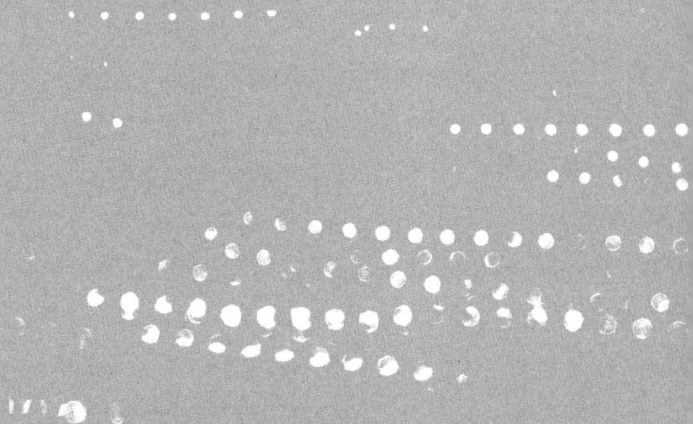

等待一株山茶花的开放

当气候反常成为正常
桂花迟迟未开
纯属正常
我把目光转向其他的花朵

我在被霞光丈量的岸边
等待一株山茶花的绽放

这里是冬季
这里是拐弯的河道边
我在等待向阳的另一面
霞光的后面
看得见花蕊的向上延伸
向阳而开
看不见的是
茁壮的根向下扎去
向暗挺进

这很像我的生活
本是一个你看得见的爱热闹的人

却日益沉默

我的脚步

踏实地印入你无法预见的心灵

山茶花生活在另一个天地

生活在另一个时节

我替它高兴

并致以深切的祝贺

岸边水在流

岸上花会开

头顶阳光

花儿就是我的脸庞

2021 年 11 月 16 日

蝴蝶效应

夜深人静
更清晰地看到星辰
熬过长夜的人
更早地看到飞虫翅膀

所有的苦痛
是成长的代价
营养快线
助力蜕变后的起飞

生活的智慧
生命的依靠
人生的哲学就是
我在黑夜中
看到了蝴蝶效应

2021 年 11 月 16 日

得失

失去从前
得到故事

失去当下
得到未来

失去记忆
得到宽容

失去仇恨
得到思考

失去所有悲喜
得到完整人生

每当我失去一些东西
并不忧伤反而欣喜
就像我失去睡眠
得到觉醒

就像我此刻已经失去远方

正在得到诗篇

2021 年 11 月 16 日

忍住

一个肥皂泡在空气中飘移
这是一个春天的气球

我目睹了这个场景
没有吱一声

百年之后无声无息
没有人知道此事与此刻的情景

忍住流泪或不流泪
与一江春水汇合
跃跃欲试的人生
被层层草木覆盖

一片光明在黑夜的空气中流淌
像一块布擦亮眼睛

感谢命运的安排
尚有根须尚有泥土
没有悲喜只是活着

无论向阳向阴

无论月缺月圆

在叶落归根前

在根归尘土时

写诗

像条件反射

适者先逝或不适者继续生存

都不是问题

愤怒诗人的眼泪

滴落整个世界

试图努力活着

热爱所有人

成为愤怒的理由与源头

铺开手心

脉络里的事实

诗歌里的天空

构成一首诗

一声春天的哀叹

2023 年 2 月 21 日

从一片桃花出发

得到春天的路径
得到秋天的果实
桃花开启人生的脉动
我乘坐一叶轻风
想起人生
想起奔跑的梦境
一切真实得让人窒息
又空洞渺茫
正是这桃花上的风
把我从今晨吹向远方

我在宇宙的中间
和地球擦肩而过
眼看着它奔向太阳
绕了一圈又一圈

2023 年 3 月 17 日

重复春天的树与根

重复的春天是持久的
时间描摹静止的模样
从晨启到日落
我看到了
善良隐忍的锋芒与光斑
当夜晚来临
我倚靠树思索
想像树一样用根向深层出发

树冠上
绿色已笼罩了所有的烟云
结疤的往事在花心凝聚
愈合泪流满面的脸
面对新的轮回季
萌动的叶子与花蕊
膨胀着生死荣辱的侥幸

以树的同伴名义挺立
所有的血脉根须都铺满道路
未知大于已知

面前每一条路都互不相同
所有的土壤中
四散的根都去向不明

我像根一样隐藏自己
忍住了悲喜
向往中入驻清静
当又一树繁华向天空奋飞
当又一回桃李春风摇响集结的铃铛
我在泥土中匍匐已久
孤军挺进

我知道自己在干什么
为了什么
当春回大地候鸟归去
一河水蜿蜒
目睹来回盘旋的姿势
与叶子和花一个样
与我一个样
仰望星空追随风
落向地面连接根
我们灼灼其华的步履
漫过岁月在根茎上沉淀
在一圈圈记录年轮时画地为牢
沉默的奥妙穿越心腔

回声亘古萦绕人世夜空

我打望这些熟悉的山水时光
无奈中往前倾身
知道在天象变化之前
已知的容颜循环无异

看到不少重复的风景
未知的更多
盘绕于树根

2022 年 3 月 28 日

一棵树悬在春天边缘

为了记住一个迟到的春天
一个完整的春天
一个即将在自然界消失的春天
我竭尽所能

接近河流大地，找寻
发现树底下长满草丛
那是太阳种出的胡须
看到树上面开满鲜花
那是印堂上闪烁的月光

当一轮红日降下去
我知道黑暗中有黎明前的云彩经过
树木花草
是月亮的另一种存在，或潮汐的澎湃
知道爱和温暖并不遥远
那是宇宙中离孤独者最近最多的一些灰尘

一夜醒来，奇迹还没有发生
我对万物的总结

停留在人世的对比上
一棵树挺立一个世纪
成为特色春天的标记

风在刮
传播着速度与谣言
船已经逃遁
水仍在规划航程
土地已流离失所
树仍在试图扎根

2022 年 4 月 23 日

有许多叶子在春天坠落

四月是最残忍的月份！

——艾略特

在春天
许多叶子落下来
一道绿色的寒流
经过故乡的床头
我在高度警惕的呼吸中
麻木睡去或忧郁醒来

回想起吐故纳新的叶片
曾经循序渐进向阳而生
芽衣茁壮向天空苦苦打探枝头的消息
充分感恩无限珍惜
她向往春天、她眺望春天，她登上了春天
突然间落下去
塞满猝不及防刚刚抬起的脚印

每一个叶片都是掉进眼睛里的沙子
我揉了揉

朝阳碾碎了我的眼珠
我却像大人摸着小孩的伤口说不疼不疼

与升腾逆行
这些绿叶的运动
洞穿了一个腐烂的苹果，领悟了我的痛苦
覆盖了我的身体，碰触了我的心灵
在昨夜绽放了很多次
在今晨凋谢了无数轮
当开始成为结束，
结束就成为开始!

2022 年 4 月 26 日

适应六月的生活

我热爱
六月的不平凡

丢掉幻想
收看实况直播
体会热浪与寒流的交替
接受偶然的飞雪，气候诡异

这些普遍事实与局部人生相向而行
看冰雹打在脸上，谁在喊痛
看雪花层层覆盖，掩饰了什么

幻觉中，一缕阳光扫射，你迫不及待绽放的脸
现实里，一阵风吹过，时间的课本在翻篇

成为一种习惯，忘记过去
植物在天择中逝去
动物在竞争中求存

地上明晃晃

只有反光

地下黑乎乎

万里无云

发现六月的早上，小草尖上的露水

我跟随上了弓的风

反复冲锋，直上九霄登高远望

发现了遥远的路标

上面的里程为"0"

2023 年 7 月 18 日

诞生在秋天的孩子

一片叶子从枝头坠落
无声无语
只有我和它一起
穿过处暑的阶梯
往家走主动启程

在根部堆积的
不仅仅是泥土
是时光挑动风的神经
让我扑面而来感到了疼痛

爱恨都无影无痕
只剩下过程
咀嚼这些循环的故事
再一次发现规律的普遍

秋天来了
我和叶子一同归来
高远的天空下
两个值得爱怜的孩子

如此幸运地殊途同行

高洁的灵魂瓜熟蒂落
秋天的孩子
横空出世

2021 年 8 月 23 日

常识

为了真实地活
接受所有荒唐的生活

做一个有趣的人
原谅一切的无聊

追求绝无仅有的精彩
经历万倍不止的痛苦

心存侥幸的清纯
被事与愿违的暴力强奸

常识
就似一个火炬
在夜里无尽燃烧
能量
似余霞照亮故事的结局

常识是今晚坚守黑夜
明白光明在前

常识是今晚不再做梦
把最后的现实抓在手心

现实告诉我
越荒唐越真实
越无聊越有趣
一再被认定为常识

2021 年 11 月 8 日

角色

剧终灯亮
与掌声一道
我站起来
不约而同回想起
——
序幕：生活，是一块糖！
过程：好死，不如赖活！
尾声：人生，不过是一场漫长悲剧加上丁点儿笑料！

看戏
我是剧评人
演戏
我是戏中人
开戏
我是拉幕人

我的角色
你也一样

剧名：去向与归期

重打锣鼓

下一场又开始了

2021 年 11 月 9 日

一生的若干个侧脸

阳光拂面
或向隅而泣

意气风发
或悲恸无言

打了鸡血挥斥方遒
或受到诱惑坐怀不乱

追随运行天体
或归于凝固尘埃

赞叹沿途风景
或隐忍当下悲伤

选择去览胜万山红叶
或端起血脉偾张的酒樽

今天我要关上亲手打开的门窗
给自己一个适合休养的空间

活着

但已沉醉

当阳光经过长夜来到我的床前

我已在你们醒来的那一刻踏实睡去

2021 年 11 月 4 日

山下山上的红叶

在山下山上
到处是红叶
和寻找张望的脸

从山下向山上去
溯源理想信念
信男信女
探寻更高远的风景
虔诚像风扫过
叶片的经脉里
如静止的河段
一浪扩大一浪

千百年的山林
帝王指点的叶子
仁者热爱的叶子
在我的目光所到之处
霞光秋色中
掩映多少青春时分

世上没有相同的两片叶子
可每片叶子并没有什么不同
这不矛盾
是两个角度
如同山下山上看叶子
一样
大都需要仰望
有些时候脑袋需要抬得更高

我下山去
还原自己的世界
红叶堆满我上山的脚印

2021 年 11 月 5 日

有关痛

被震撼的
不是一年一度的景色
是被记录的过去
作为一些相逢的见证
你描述的历史
回光中的折射

我知道你在等我
你与我重逢
你与我同行

必需的秋风
起落的脚步
鼓点中的翻飞
你嫣然一笑
残阳如血

打湿我的心头
我珍惜着心中的幸福
如同我走过无数迂回的小道

和你迎面直击
故事每次都在直视
风景没有退路
往前走
点燃温暖和光明

只因心上长满阳光
便不在乎昼夜交替
我只管想起青春
怀念从前

2021 年 11 月 5 日

河水上的光

雨水一场场连接
在江边汇合
静观秋风抚吻千年书脊
此时茶色与天空对峙
往事频繁被穿越

三千杯酒与水一瓢饮尽
苍茫的画卷浮动
南山、菊花、陋室、桃花源
心灵的底色一路铺开
捷足先登的人远去归来
是倒影牵引了潮流
古老的风骚逐渐虚幻
视线中诗人的眼泪
伤痕与轨迹混为一体
在八月回流

我端起的水开了
沸腾的诗行泛起光芒
我与太阳相隔一首诗的距离

早上五点零五分
准时拉开窗帘
看霞光满天
看河流遍地
太阳隐藏在云的后面
诗歌奔走在河的上方
契合了雨水的节拍
河流的足音
阳光的回响

我在秋天目睹早春的叶子飘落
想象一条船的经历
在时间的长河中鱼贯而过
浸润了万座青山

人生如此经过
这是必经之地

2022 年 8 月 14 日

笑

寻找笑

在胳肢窝里找乐子

暂借生活一张开心的脸

无论是辗转反侧

还是兴奋失眠

在鼾声大作后醒来

显示人生一份热爱的天真

笑出眼泪

证明笑是哭的一类

笑是假笑

哭是真哭

在睡前痛哭一场

在梦中笑醒

多少受伤的翅膀在面前飞过熠熠生辉

看哪里还哭得出声

2022 年 7 月 24 日

今夜，雷是一盏灯

今夜我在风暴的中心
关注雷电
张开的手臂像兴奋的旗
热血沸腾了脸

从昨天到今天雨下个不停
今夜在南城天空呈现更大的黑洞
我拉开眼帘目见更多的雷霆
滚滚闪电比预计猛烈
我的大脑与心跳在加速
一起响应一起咆哮

纯粹气象
与偶然感应
雷雨在交织在纵横
付出了千般果敢万般勇毅

天与人互动，最好的表达
在干涸已久的土地上
我内心一再沉默

礼赞膜拜火焰与光亮

探索黑洞里隐藏的真相

我边看边听

雷公的歌唱已经开始

合围的和声凝聚起磅礴力量

我在躁动中赶一场迟到邀约

打着节拍欢迎来到人间的天使

掌声立体环绕，汪洋恣肆

雷是一盏灯

在夜幕下的地平线升起

它如此纯净透明：

眼睛里饱含故事

脸庞上不带风霜

2023 年 7 月 24 日

时间下的两张脸

一张脸在夏天翻烧饼
一张脸在冬天被雪藏
惊慌失措与故作镇定交替
天上的馅饼砸出地上的陷阱

惊艳的残酷的现实的魔幻的脸
将风中雷电连成串
锤击了怯懦的焦虑
透过芭蕉叶打在相框上
探出头小心张望
裸露的脸看到隐藏的事实
阳光依然明媚
照亮深深浅浅的沟壑

一张是你看见的
一张是我收藏的
每张脸都仔细端详
怎么也不认识这个世界了
这是谁的脸面面相觑
多么熟悉陌生难忘

这是泯然众人的记忆
残存的生灵胎记

脸色看天色行事
雨雪悄然到家
天空大地骤变
时间向远方旋转

这张脸如此麻木我不要了
让它丢入星空
成为月亮澎湃潮汐中的一滴
另一张脸明天收集起一切悲喜
在梦苏醒时汇合与太阳重逢

一张脸奔跑于江湖
雨雪镶满人生结尾的花圈
一张脸闪烁在内心
是行走钟表盘无声的证言

我知道两张脸都与命运相连
一张嵌入生命入木三分
一张在沉默中厚积
一个灵魂如焰火升起悬挂四野
一个表情开放
雷电猛然间照亮了黑暗

错愕间你看到的善良与惊险

正是光明黑暗交叉处的阴阳脸

2022 年 7 月 25 日

活着

活着的王道
被我信手拈来

从左手到右手
从左腿到右腿
从大脑到眼前
除了活着
没有挑剩的东西

活着因为活着
活着所以活着
活着，为了活着

2022 年 7 月 26 日

在秋风与落叶间

昨夜
一场孤独的雨
回到心安的故里
一阵飘落的风
捕捉花蕊的踪影
梦想在收成前渴望
天明在明天后醒来

今晨花朵和稻穗共同成长
七月的乡间日渐丰盈
悄然越过田垄
结成青黄相间的姿容

我辨识苦难上方的芳华
从此领会向外溢出的时间

明天
所有的记忆褪去外衣
果实脱颖而出
针尖与稻芒

都在生活的尊严前握手言和
成熟的事物相似相通
抱负与报复放下了竞争
并蒂盛开的莲
在阵痛的尾巴上分娩

2022 年 8 月 9 日

相对论

谎言在前进
真相在倒流
黑夜在前进
阳光在倒流

时间在前进
道路在倒流
命运在前进
黄粱在倒流

六月暴热正在降落大地
十二月严寒已经腾空而起
苦涩正在疯长
一群哑巴抢种的黄连已经扎根

人往高处走
泪不断向下流

2022 年 7 月 9 日

昨夜滴落的一场雨

雨滴落搅拌时光
穿过悠长通途
经过路过逼近我和黑暗
启动机拧紧发条昼夜不停
我适应了这雨的声音
滴落的时刻如此应点而精准

命运不急不慢
溅湿我一身
能量蓄谋已久
在释放中
一个枯竭的空盆子
从心腔滴落
与河流大地相互联动

没有哪片天空不曾下雨
没有哪段人生在雨中停顿

有些已抵达空中
云蒸霞蔚的循环中

雨做的一片云
此时被我抓在手心
我的拳头里非常湿润
有绝对把握酿就这天遣的甘霖

2022 年 7 月 10 日

现实主义

没有一个人的到来
必须被铭记
没有一个人的离开
总是被提及

一片叶子枯萎
阳光照亮它在春天坠落
又一些萌动迅速长成
阳光照亮它冬季的芽尖

每一种出发与归来
无非是一次深呼吸
空气的作用中
有人在昨天梦呓后受惊
有人在明天哮喘前舒展
今天内心中挣扎着的大多数
无一不露出天真的笑脸

昨天来不及欣喜
阳光覆盖的是整片树林

今天没必要掩饰
黑夜笼罩的不只是一个人的头顶

明天不能侥幸
世界正在到来
你不过是穷尽一生的时间
匆匆扫了地球一眼

2022 年 7 月 11 日

摆渡

在求索与感恩之间
我像钟摆穿行

天明我与太阳重叠葵花般的脸
入夜我用手抚摸大地的阴影

在诗与远方之间徘徊
在出发与飞还之间惶惑
我默数幸福安宁
发出心底的低吟

在苦难与更多的苦难之间
陷入现实的滩涂

摆过来的使命
拥抱绝大多数人的痛苦
摆过去的责任
抓住一般人看不见的忧乐

生命是一只候鸟

在时间的隧道上迁徙

冬去春来周而复始

紧握最后的一根稻草

伴秋千砰然晃动

渡口设在天堂与地狱之间

来回撞击了虚掩的门

我正经过中点

我正去人间

2022 年 7 月 15 日

阅读人生

在黯淡的一季
背光的往事在汇集
一群中的一只鸟
衔来了一个巢

我打开过去
——理解并痛惜
在穷困潦倒中筛查无辜与幸免
饱汉不知饿饥
徘徊、彷徨与畅想相连
每一个片段都句酌字斟
敲打在脑门上方

回顾走过的四季
反思轮回救赎的奥秘
翻开了聊天记录
沿着急流险滩往前走
脊背上验证一个个瘦弱的呼吸
一程又一程
惊弓之鸟展开双翼

划动治愈的力

一行一行
像两条河的距离并不遥远
一段一段
像两座山的高低显而易见

一个巢打开
是一连串的偶然

2023 年 3 月 26 日

天意

不存在失去，从来就没得到
没有后会有期，总是失之交臂
心灵错落了过往的眼神

阳光在出发
时间清洗行动中的心跳
夜晚在到来
天空隔离风雨中的呼吸

滴答滴答，隐藏了呼噜与呐喊
谁的余梦一再延期
在高举的刻度上
我拨亮停顿的灯盏
钟表盘上
时针始终指向午夜十二点
真相逐渐明朗
指路牌前，末班车头掉转
正前方，搭乘了所有疲惫的翅膀

2022 年 7 月 12 日

约定

我安静得像一棵秋天的树
天空下如此厚重

活在当下的每一粒果实
都与根相约坚守
风穿越夏天，扑向冬天
叶子在冷暖之间回荡

82.6 米，中国最高的一棵树
四百年来并没有被摧折
平常的奇迹
就像一阵风吹过人间
就像一场雨路过头顶
眼泪随风而至
种子终将雨一样落下

等待一次最好的滋润
相约在无期的春天萌芽

2022 年 7 月 13 日

发现新发现

比方说河流在静止
比方说天空在停顿
比方说我的血管毫无波澜
比方说我的眼睛一片漆黑

比方说沉默的大多数事实
隐藏在真相中

比方说夜让正确产生错觉
时间在凝固、江河在睡去、明天已经迟到

比方说船在陆续到来的路上徘徊
种子在花丛中衰竭
悲愤的人生在成功前窒息

比方说我很在意天空与河流的动向
因而置身窗帘后
发现了自己怦然心动

比方说最新发现是只有在天亮了

只有船在逆行

我才发现

动荡天空从未间断

正在经过流浪大地与漂泊人生

比方说

是我用手拉开这幅窗帘

发现了河流记载的全部航程

2022 年 6 月 29 日

开花的叶片

我在一朵荷花里找到天真
我在一条河道上历尽艰辛

在水的涨声中花脱颖而出
叶光芒四射
沉香与阳光相逢
何曾识得这前世今生的叮咛

汇集了两个地缘
对应了两个天空
今天殊途相遇拱手同程
我躺在花中正见花瓣一一打开
我滑过叶片执着手心上的莲蓬
在七月
脉络与蕊丝的后台
双脚闯入全世界的中心

我把身体在花与叶上投影
个别记忆与局部呈现
在千年奔涌的长流中千帆散尽

扪心自问扬长而去的芬芳余韵

一朵花因何盛开

一片叶因何凋零

2022 年 7 月 4 日

今天探讨如何续写明天的诗篇

在望城坡，我亲见五十四个愤怒的诗人被波涛席
卷，留下不止十个亟待堵塞的漩涡。

——题记

把日子过成诗
需要多大勇气

我付诸巨大努力
把日子过得体面
怎么看都不像一首诗

事实是勇气可嘉
事实是没有过多勇气
我从开始的时候就骗自己
诗歌置身半截泥土
就无愧于鬼话连篇
意象反复坍塌
旨归一再埋填

不排除一定有个别的诗意

在代表性的一天里
被渲染成整个的底色
谱成赞美的旋律

让我颜面扫地的是一张白纸
是紧握现实的手笔
我曾经也写过这样的诗
记录壁挂炉衍生的焰
讴歌熊熊燃烧的火
描摹并未真正抵达的光亮
如何遇见五月明媚春天

为此我面壁经年日益疲软
感受到假象的窒息
常识中试图揭穿
意识里视而不见

在我写这首诗之前
有五十四个诗人一跃而下
倒计时从八到一
诗歌自然落体在十八层
像花瓣雨撒满地狱的大门

这时候没有号啕与呐喊
习惯就地归零

默哀后继续写诗

然后把日子过成诗

唯有沉默使人恢复气力

继续呼吸

如同在黑夜中静候星光

依旧是老掉牙的手法

我不再苟同

2022 年 5 月 9 日

我只会做加法

我的数学成绩不好
通常只会做加法

尝试平凡的人生
加点盐
在记忆中找到苦涩
加点糖
在疼痛中充满乐观
加点辣
在睡梦中拥抱清醒
加点力
在坚持中获得能量

走过现实的道路
提升速度加点激情
拓展宽度加点思考
筑建厚度加点容忍
增强力度加点小心

写下脱俗的诗句

加趣加情更加有味

即便是放下过去当下与未来
停滞转弯或调头
也不是做减法
它是再次出发的跑道
为长度加把劲
它是孤独的前方
为爱加点油

2022 年 1 月 15 日

正是在此消彼长的今天

一丛丛白玉兰
摇曳在空中
使我有了上升的冲动

一层层桃花
面带雍容
让我对爱情充满了渴望

在九十春光中
守望梨花木兰海棠
她们已经与鸟儿筑成了巢穴
等待着归来的亲人
那一朵花期中的姻缘
勾起对生命的联翩浮想

麦子拔节的腰板
半寒半暖
油菜花的两个侧脸
渲染了正阴正阳
清澈的水纹映照畅想

谁是谁的太阳鸟
谁是谁的星月神
在无边黑暗和初启光明之间
谁给了谁努力支撑下去的良机
谁给了谁撬动春天的支点

白昼越来越长
坦荡越来越多
春分那一天
是个下雨天
雨滴滴答答
浓云挡不住的光线
拉扯起一帘梦的模样
把季节的经纬条分缕析
当假与真、恶与善、丑与美
一一接受春天的洗礼
公道正义赶在又一个轮回前
和春风春情久违相守
每一时每一分每一秒
每一个眨动的画面和跳跃的身影
就像每一片被露水濡湿的花瓣
贴在我双手打开的窗前

天机已经泄露
此消彼长的热望

在昨夜开了又落

多少个花瓣

埋藏了我的一对镜片

今天我拾掇翻寻

不过是把昨天的两只脚印抛向风中

许多人已经来过

更多的陆续光临

2022 年 3 月 21 日

距 离

我与你
隔着一段波涛的距离
我正从高峰上下来
跌入谷底
你正在第一次爬坡
透过水浪
我看到曾经的自己

我与生活
隔着一首诗的距离
我正从远方归来
陷入沉思
生活教给我独立呼吸
走出愤怒
我找到曾经的自己

我与人生
隔着一双翅膀的距离
我从航程中回眸
不掩疲倦

飞翔给我整个天空

抚摸痕迹

我回到曾经的自己

我与你一起

沿着河道

沿着航程

沿着飞越的人生

平视全宇宙的星系

看阳光如何投影地球上的个体

我并不卑微但的确渺小

必须承认这是

我与远方的距离

中间隔着一首诗与一个太阳

2021 年 10 月 2 日

难的是把每天都写成一首诗

一日三餐
饮食男女的爱恨情仇
芝麻谷子田土
鸡毛蒜皮构成的家园望不到头

没有绝对的宽窄长短厚薄
只有相对的个体体会
摊开双掌与十指的一本天书
详细记录春耕夏耘秋收冬藏
认真探讨进退升迁得失荣辱
长短不一一些个轮回过去
从纹路到脉络，从平衡到平静
付出了多少雄心许多人壮志难伸

目睹白驹过隙
亲历物是人非
嘹亮的旋律催人奋进
冲锋的路上布满谎言与坑

活着不难，活在诗里就行

把生命排成行

把时间分成段

把每天都写成一首诗

完成难以完成的使命

痛苦出诗人

计算投入产出与占比

就像对龙种与跳蚤、稻谷与稗子一一称重

意识并呈现痛，不缺材料与知己

需要催化剂，有，酒是唯一

今夜在写诗前

我十分兴奋

但早已麻痹

2023 年 7 月 23 日

活 着

记录孤独坚守的历程

第五辑

正常

有高潮就有低潮
很正常

争取引导潮流
绝不逆流而上
努力力挽狂澜
学会善罢甘休
很正常

在浪落中等待浪升
很正常

重复一万遍不止的事实是
百分之九十以上的动荡
加上百分之十以下的安定
构成一台戏的基本内容
很正常

我在浪潮起落之间
来到戏台

以一个观众的身份
看到自己的经历与剧情完全雷同
无论巧合还是被抄袭
很正常

在观看整面大海的演出中
我同时参演了一滴水
很正常

2021 年 12 月 17 日

愿望

竭尽全力
做一场梦
把自己飞到天花板顶上
成为一只腾空的气球

升不上去
掉不下来
看上去很美

2021 年 12 月 25 日

在风中

当我预测前程
就会想起风

风是一种特殊的存在
在气体液体固体之外
在我身体之外
经常在我凹凸的脑门上造极登峰
她进入我心腔
偶尔翻动一些往事中的血腥

记住风
记住时间与人生
的确存在于与我的同一段征程

风在吹
提醒并证明
风与我同行

我用诗描述风
风放飞我的诗情

风吹过我的生命
那几乎是我一生的全景

我在风中不断出发
风始终在我心中驻扎

2021 年 11 月 28 日

风向标

风是一面镜子
我在镜子背面反光
发现了时代的一粒灰尘

风是一个筛子
我在筛子上方穿越
不小心撞上了一粒灰尘

我在风中逆行
把灵魂举在手心
那是我的眼睛和脑筋

我在风中打扫卫生
像扫荡老照壁上的残阳
把灰尘义无反顾丢在风中
像放下一段再寻常不过的旅程

接受命运的馈赠
在风中享受孤独的人生

2021 年 11 月 27 日

风中的思考

在一阵风中往前走
不知道是风推动了我
还是我的前进带动了风

风穿过我的身体
不知道是风撞击了我
还是我迎合了风

我总是向清风倾注祝福
不知道是出于习惯慈悲
还是天生怜悯

我偶尔在狂风中怒号
不知道是为了救人
还是为了呼救

我在风中转身
不知道是为了躲避
还是回望被疾风吹倒的芸芸众生

风在吹
我知道自己在坚持
在风中我举起风向标
搞明白风从哪里来

风往前走
我堵住风的退路
为迎接风后的雨
我早已撑起整个天空

2021 年 12 月 6 日

我在流水上方迈动脚步

我在河西看水
高于水位一百三十五米
我的身影水涨楼高
我的心脏有序弹跳
我的镜框久经擦亮

这些标配
让水一样的灵魂汇流
让乐水的脚步集结
蓄势待发
我毅然踏入河流中心

情绪稳定脚步加速灵魂蔓延

我俯视水中的石头
一些人设的景物
在四十五层楼顶
看得见它如此渺小
时常被裹挟被淹没
在大步流星的脚印里

不过决堤前后的一颗沙粒
它硌了我的脚
让我瞬间感到难过
我预测有一天
它终将消遁于某一次清洗
或是我亲手将它从鞋套里倒出

北上的河床稍作停留
时空里只是迂回的短小环节
我朝向东南
有勇气在十二月
迈向下一季
有底气在寒潮中
坚守到底
浪费一些时分
对必然的成本保有耐心

水上的脚步延展诗歌
我借助水将她传向远方
这是一种预报
激流滚动洪荒将至
我疏浚河床努力让风平岸阔
击起的浪花
都显示全流程的方向

2021 年 12 月 1 日

太阳的时装

朝阳和夕阳
是太阳的同一件时装
升空的朝阳
是早起的夕阳
没落的夕阳
是晚归的朝阳

日出日落
是时装的两个正面
牵引了你的快乐
导致了别人的惆怅
人间的真实是宇宙的谎言
宇宙并不知道有一粒叫太阳的灰尘在弹跳
时间并不存在
只是一次太阳转身
一切都不存在
一切只是无限多虚无的假设

只因为人的存在
只因为人在地球上的存在

只因为人在地球上短暂的存在

我与你一样
都不可能伟大如旗帜飘扬
不过是碰巧作为人
在地球上晒过几次太阳

其时
一群蚂蚁仰视我
充满了崇拜与迷茫
就像我面对了太阳的时装

2021 年 12 月 13 日

在一条长河的上方忘记或想起

忘记源头
想起风雨中的起点
在出发中逐浪扬波
不与水草产生丝毫牵连

忘记漩涡
想起旋转的渡口
鱼龙混杂
我用双手淘尽泥沙

忘记流程
想起从心里眼里奔跑的帆影
熙熙攘攘中
连同泪水皆成过往

忘记水的流向
想起全流域向后撤退的事实
忘记向上望的人脸
想起向下沉的河床

忘记大海

想起诗

忘记远方

想起自己

2021 年 9 月 29 日

啼血的芭蕾

在无数个高光之后
来到舞台的中央
打开亲手编织的阁楼
你鲜艳的脸纵身一跃
牵手生命桥头的知音
那里熟悉的旋律
波浪开谢不息
节奏与音效依然悦丽

同样的舞台
你用各种姿势阐述芳华
你循着规则不动声色走过
脚步轻盈无痕无迹
此刻在一百分贝中演绎

过去和今天所有观众
只在意你惯有的笑意
他们对你脸上流淌的水视而不见
今天我第一次注视你

从脚尖开始向上观察

你踮起来行进的时光

美轮美奂后面的撕裂

浪花中的舞蹈

翻滚的记忆

今夜你是你的主人

打湿了的红舞鞋

在少女闺房做最后的翻晒

最后的嫁妆是娘家父母的心伤

天凉了车水人流中马达奔腾

没有人会长久活在他人的世界

即便无比精彩那也只是远去的风景

舞台启幕谢幕

美人的花瓶倾倒

花瓣与水一泻而出

正好一群白鹭飞过

在浪潮上现身

并深情呼唤你

你决心忘了她们

一转身随手打开了灯

寂静的花房夜已深

我遥远地看见

你身上红色的水荡漾如残阳

2021 年 10 月 6 日

举例说明

每个彻夜失眠的人
都没有时间去梦想

每个酩酊大醉的人
都来不及孤独

每个抛头露面的人
都无法掩饰悲喜

每个活在诗中的人
都习惯把诗当成生活

每个衔着秋叶归来的人
都注定收藏了春天

每个从理发店出来的人
都不再独立思考

这不是全部的人生
这只是举例说明

比如每个鸟一样飞过天空的人

在对流或平静的云顶

常常俯瞰一些地面上仰望不到的光景

2021 年 10 月 9 日

在无限大和无比小的梦境中觉醒

当我一觉醒来
第一次发现天空还在
头顶的阳光契合昨夜的梦
从遥远的远方来
向未知的方向去
与生命生活叠加萦绕
在脑袋内外遍地开花

从梦中来
到现实中去
切入口如此巨大如此易碎
常常碰壁撞到南墙上的承诺
我注意到血写的誓辞与谎言
反复重生

这无关规律
无关趋势
理想与梦想
生命难免的一场气泡向往
没有对错没有好坏

荣辱与成败
无非陈旧的点滴循环

这不是痴人说梦
这是眼睛里的事实
今天起在意更加微观的拥抱
与沉默保持更近的距离
在意潜在的能量
接受黑暗的存在
在这个切入口
爱学习独立思考
向上升步步登高
做好自己的主
踏上自己的头
看到幻影在泯灭
告诉我仅仅来过
并非脱俗超凡

岂敢洋洋得意
也从不畏惧
头顶的天空亮了
那是我的梦已结束
心灵的灯火红了
那是我已抵达另一段旅程

在已知中适应

向未知致敬

放弃荣华富贵

承认错误无知

在更多的迷茫面前

坚守生存的意愿

让头颅之下的心腔和土地

让身心内外的力量与对比

让基因细菌与遗传密码

在三亿年不止的地球上投影

在一万倍之上的显微镜下聚焦

看到与发现

融合汇聚成一声叹息

我与天空大地

我与理想梦想

我与暗物质微生物相比，算什么东西

在无限大和无比小中

一切都均等守恒

这就像我在银河系的上方

在自己的毛细血管里面

一边关上所有的门

一边推开所有的窗

2021 年 10 月 20 日

活在自己的世界里

此刻我行走在路上
属于自己的直线或者曲线
在阳光或风雨中
我深刻地觉得
活在自己的世界里

沿途递进的风景
在递减
最终一一落在我心里

我告诉你的时候
付诸真情与信任
你在意或惺惺相惜
你不在意或完全没有听见
可能是你遇到了更加壮烈的场景
或更加在意自己
没关系
原谅不为彼此知晓的心灵过往
怀有怜悯与牵挂
一切都心知肚明

更高一点更久一点
俯视或回望
你我的曲线
只是一个点
在地球的家园
地球上的一个点
何况地球
宇宙中的一个点都无从谈起

2021 年 8 月 3 日

银杏叶

秋天的伞盖
起伏荡漾
像风中的海洋
载道如期的光阴

所有的遇见
是伞中的风
是岸边的浪
此刻都交给浩瀚时空

你漂洋过海贴过来的脸
一张老相片
在经历中上色
叠加一些灿烂
倍添几多苍茫

又一个年代走远了
追随而去
在一片叶的尾部
我一骑绝尘

2021 年 11 月 1 日

纯属例外

生命在于运动
对有的人可能就是不运动

生命的意义
对有的人最后发现就是没有意义

梦想对我来说
就是不再有梦想

孤独对我来说
就是为了享受孤独

例外常常发生
这一点没有例外

2021 年 9 月 10 日

在一些雨滴的中间行进

在痛苦的时候积攒富有

在贫困的时候坚守孤独

在群居的时候乐观清醒

我富有得堆积如山

孤独得身轻如燕

清醒得千杯不醉

比那些穷得只剩下钱的人

热闹得曲终人散的人

以酒的名义假装海量的人

富有一些孤独一些清醒一些

我把痛苦孤独与清醒

作为砝码

在自己的眼睛两边

在心窝的两侧

——掂量

发现

能量守恒的奥秘

并一再得出以上结论

痛苦孤独沉醉

常有的事

十有八九

如今更多一些

那又能怎么样

我只是在飞奔而来的大雨中

在雨滴与雨滴中穿行

我必须行进

有时被雨滴击中

就会痛苦

有时走在两滴雨的中间

并不觉得侥幸

事实就是如此

身处雨中

感觉更加明显

2021 年 9 月 12 日

万分之一等于百分之百

我不幸感染

一粒灰尘撞中时代

一颗行星撞上宇宙

一只飞蛾撞入蛛网

梦与醒

爱与恨

生与死

荣与辱

在救护车的捷径里

度秒如年

"万分之一

等于百分之百"

我发烧后神志不清

喃喃自语

诗人干着

医生一样的工作

救死扶伤

在试图治好别人的同时

自己大概率被感染

孙逸仙博士
鲁迅先生
和我的兄弟郎永淳
都先后放下手术刀
拿起笔
治肉体与治灵魂
成千上万疑难杂症
总有个先来后到
他们在伤口前抢救了病人
也拯救了自己的伤口
真的不错

"这个世界
病得不轻"
这是我在诗笺上写的诊断书

"我还活着
久病成医"
这是我在病历上写的诗歌

2021 年 12 月 28 日

在一个画框的内外留神

似乎是澎湃雨季的尽头
连着一条河的起源
我全景尽收
对视倾泻的血脉
九曲十八弯荡气回肠
甚至更多的壮丽辉煌

叹为观止的欢呼声惊到了我
我注意
在真实的
时间与
历史写成的
过往从前

这条河流过来
景色的另一面
注定与一些人与事勾连

成群的鸟儿帆一样飞过
在太阳下

镀上一层金身
勇往直前
十分优雅高贵

陶醉在如此风景中
许多的人纷纷在问
这是什么鸟什么东西

我知道
无非凤凰或者麻雀
并不重要
我更关心
看到了的从这里飞腾扶摇
或看不到的投河而尽
的
现时对应的身影

繁华烟云后方
谁在驱赶这些鸟
谁的画笔
在风景之外
描摹构图立意

时过境迁的一条河流过
日渐干涸

几亿年后在这沙漠或桑田上的人
是否会看到天空中留下翅膀的痕迹

在空气膨胀升温的今年春天
伏期超常漫长的这个夏季
仰天的喘息迫不得已

我确定
这是我在今年七月十三日早上八点钟
睁眼后做的第一件事情

民谚里的经验
与切身感觉捆绑在一起
灵动的魂魄
日复一日沉淀

这幅画每天都挂在我床头上
有你好看

我躺着
继续往后看
它是我的日常风景

是否还有另外的人也看到了这般风景

我常好奇猜想

劳神费力伤了脑筋

2021 年 7 月 13 日

只是一些仅有的力量

习惯了在黎明之前打开窗
公鸡一样融入最东边的光线

习惯了在黑夜中一夜未眠
摸着心跳醒得最早

习惯了将功课备好
只告诉你有关良知正义
和体会的最隐秘

习惯了将诗分发给你
等于是给无味的生命
加上一点盐
那是我亲手为你打破的
最后平衡

2021 年 8 月 25 日

追逐一束光

一束光
在头顶流淌
越过绿色的田野
跨过无垠的山林

在雨后长虹的苍穹
这束耀眼的光
以自信的姿势
诚恳善良宽容地触摸
道义良心
在眼力所到之处
普度慈航
那里苔花绽放
柳林成荫

从黑暗中挪动脚步
光阴的故事在层层传诵
或曲折或停顿或掉头
都构成最好的前行
能量巨大的一束光

照亮脚下的路
那一刻
才恍然想起
平凡的事物
蕴涵感恩哲理

向着这束光顶礼膜拜
她照亮心中梦幻的诗篇

这束光能量守恒

2021 年 8 月 28 日

春雨下的刀

在暴雨中狂奔的人
有的不是为了去躲雨

比如我
也不是提醒屋子里的你给我送伞

我是想告诉此刻看到我的你
天，正在下雨
雨，很大！别出来！

被雨击穿过的人
最能辨识水的力量
比如这一场就石破天惊
在四月的最后一天
割了我比一百五十斤更多的肉

作为真正爱你的人
不会装聋作哑
在乌云抵达前用雷声把一天空麻雀驱散
你因为风雨声太大听不见我呐喊

我只有不断奔跑在雨里

为你提个醒

风雨中有无数的变

唯一明确旳是

一旦放晴

我在彩虹下等你

2022 年 4 月 30 日

天空下飞舞的叶子

在时光中翻篇的叶子
带我走过又一段记忆

我在一片叶子上奔跑
难免看不到全部天空
难免不被风刮倒

什么情况
如何适应
五月的气息
滚滚而来，天空魔镜摔碎了数以亿计的身影
一个方向的风，日益猛烈

我努力不被大风刮倒
四月的倒春寒
在五月延续痴心梦想
隐藏在桃花源的叶片下
一夜大水冲了龙王庙
与桃林一同被连根拔起

这是我的世界里

目睹一片叶子无尽的焦虑

是它，在萎缩之际

堆满了叶纹中的千万个纵深

2022 年 5 月 6 日

看图说话

从小修炼的本领
一门识字前必需的功课
培养思考能力看图说话

长大后
看到风
我说我在路上前行
看到雨
我说我没有躲避
看到阳光
我说乌云间隙给了我幸运
看到雷电在胸口捶打
我说我感恩命运的磨砺

近些年
我把要说的话写在回忆录里
以后看到了什么都闭口不提
诞生一种新的说法
那就是
我不说

比如今天

看到崎岖的山

我写道：

一帘人世的全景！

看到东流的水

我写道：

所有生命的轨迹！

看到五月的雪

我写道：

夏天的另一个身影！

2022 年 5 月 17 日

春天的轮廓

与春天重逢
——细数万紫千红
和道路相见
隐瞒了九曲回肠

端详着你久违的脸
时节的代言人掩饰笑容里的忧伤
油菜花挤眉弄眼
麻雀千篇一律飞越
古老的光掠过池塘
映山红的臂膀被绿色浸染
杨柳不断拂过我的视频
现时的直播在重复

又一轮开启不快不慢
从去年到今天
收紧的声色逐渐削薄
迟疑的脚步节节后退
与气流相遇
颠簸在雾里

抖落一身尘泥

云层打开两个洞洞

露出我躲闪游离的双眼

云蒸与霞蔚

勾连现实的山川

沉浮与起落

成就隐形的背景

忧伤的交汇处

阳光直照，打满春天的补丁

在用双手推开的门缝里

清明时分

春意轮廓下堆积的坟茔

封存了痛苦露出了绿草如茵

2023 年 4 月 3 日

最近距离的月光

今夜的圆月突破了乌云的遮挡
今夜超级亮折射了太阳更多的光芒

我站在水的对岸
对比地球之外的脸庞
对比银河系外的天象
谁的脸上挂满泪滴
谁的心灵沧海泱泱
月亮漫过头顶
潮汐奔涌
落英缤纷

有趣的灵魂超级寒冷
我在六月的炙热中靠近月亮
惺惺相惜
知音并不遥远
月亮注视我
一张湿漉漉的脸
一张荷叶在水中漂过
银河浩瀚把幻想浣洗

2022 年 7 月 14 日

夏天的一些稀奇事

晨阳以无比平静的方式出场
一声鸡叫显得特别空旷

隐忍成为乌云的底色
星辰压迫黑色的心脏

雹子一再降落
最大的一块呼啸而至
行动出发在白天夜里
结束在预报的边缘

许多人回头看新闻
只见自己身处冰山的崖顶
我最后一个埋头向前
将捡到的事实记下一篇两篇

一只蚂蚁正在上树
一阵风把它吹落
同一只蚂蚁继续爬上去
一阵雨把它打翻

它在反复见底后缓步攀升
最终挡住了我的眼睛

一条蚯蚓独行
身经起伏跌宕百转千回，感到无路可走
它不知道它就是最正确的道路
我知道它就是芸芸众生

努力做最优秀的一棵树
为了林子足够强大
为了让风雨拐弯
风在雨在我与树林同在

水珠跑过荷叶
洒下一个逝者的灵魂
麻雀布满整个天空
像极了活着的生命

脸摊开
雷霆照亮的一刹那
麻木是正常的表情

我复述了正经、荒唐与矛盾
躺在太阳下的睡眠里

为了梦外人
大喊救命

2022 年 5 月 14 日

一些雨驻扎在一朵云后

就似一江春水向东流
每天都必定有一些生命悄然逝去

正如昨夜风吹过
花落知多少
几滴泪下容颜更改
一只乌鸦紧跟白鹭潜入黑夜
只有到天亮
才能识别它们各自的影踪

一些雨驻扎在一朵云后
一朵云开满了整个天空
我看不到雨看不到云
我只看到了你隐藏已久的心

2022 年 7 月 16 日

春夏之交那些冬天的气质

忍住的眼泪是最低的水位
偶尔的幸福和众多的痛苦共一个堤防!

被囚禁已久的灵魂终将出窍
飞起,无法分辨是黑色乌鸦或白色鸽子率先腾空!

春雷与夏雹砸在辽阔的天地
与倒春寒一起被冰冻的
是试图走向秋收的温暖!

在梦想与梦魇中纠缠
眺望远方发现不确定的悲伤!

放过,花期慈悲地枯萎
放下,种子无言地怒放!

时间逆袭,风在漫卷!
寒冷的路,风口的猪
回不去的春天!

白色的海洋波浪翻滚

雪下在无数人的头顶!

2023 年 4 月 24 日

窗帘

我在窗页上写满忧郁
用无尽的悲欢涂满了它
无色无味透明
暗物质穿越画布
在珠光上倒映
在容颜上反光
成为独自呈现的画图一张

雨下在空杯里
风流在浓情中
嫁给爱情的人已飞走
败于现实的戏在开演
背景里的每一道痕
都在帘上日渐分明

褶皱在水中流动
眉头上正常的奔跑
是风把帘子卷起
是雨潺潺爬行

飘过窗口

像一片树叶遮住浅近的去路

像一阵风雨倾注深重的归途

2023 年 5 月 8 日

看清眼睛更深处更远方

更深处，在过往中穿行
更远方，在视线中跌宕

受无数蝉鸣的警醒
我头顶一片荷叶来到夏天

鱼贯而入生命的画卷，沿途雷霆万里
窥探苍穹的一个角落，揭开尘土满天
一场白描的短叹，雪压高枝
一阵渲染的长吁，霜降荷塘

六月的英雄慷慨陈词
更深处，比洞庭湖更浩瀚的汨罗江
比菊花更悠然的桃花源
半百的美人迟暮回眸
更远方，日落轻舟上，万重江景在退去
白发渔樵已经出发，浪花淘尽古老回音
穿林打叶，残荷聚雨
所有隐忍的心跳匍匐前行

到更深处
去更远方

到更深处的高枝上
寒蝉早已死去
去更远方的淤泥下
莲藕持续发出芽尖

2022 年 7 月 19 日

荷花荡里的蝉鸣

荷花开的声音让人心动
蝉鸣滚滚高过了热浪和雷声

雨下过来风吹过去
花在叶子坠落前坠落
流放了一季风尘一段遐想
蝉知了夏热
我知了寒心

我们相约去看荷花
了却秋风起前最后的一景

我在一朵荷花里看到一夏
我在一阵蝉鸣中发现一生

2022 年 7 月 17 日

常识

叶子飘在我面前
我看不到山那边
水流在我眼眶
我望不到池塘尽头

这是我常常碰触的事实
遥想我的祖先
把地球当作一个平面
中国是地球的中心
多么天经地义

当我一天天长大一截截长高
当我的眼睛一步步望远
当我有了思考常识的能力
我终将看透一片树叶
透过一滴水看清整个世界

每片树叶后
都有一条被阻挡的视线

每一滴水珠后

都有一个完整的世界

2021 年 12 月 24 日

当一天空的麻雀飞过

天空黑云般压境
我一一细数
放飞麻雀的翅膀
这些风中的剪刀
量体裁衣
规划了冬至前的行程
日落月升出没在我的家园

来自人间土地上的温暖呼吸
浅浅的祝福自由随意
时光如梭中的年景与收成
一遍遍乡音守望委婉旋转
麻雀，沉醉的知音与岁月同行
在眼中与心中交织
时时碰撞了我的天线与地线

我不捉下哪怕是其中一只
更不可能捉下一天空麻雀
惺惺相惜
让它们不因我而停顿

不会失去自由的青春

不据为己有，在我辽阔的心腔中穿越百年

它们怎么飞，我都赞成

维护起码的品质与良知

无辜而闪亮的精灵已经飞过

十月后，面对剩下的整片天空

我，尾随而去

2022 年 10 月 17 日

当我像小鸟一样受惊

大约是两只八十岁的小鸟

相依为命

在栖息的树林上方

故土下面

重温风声与雨声

回忆与纠结

太阳准时出现在黎明后的八点钟

这里是人间

昨夜有暴风雪

盖住了他们的悲凉

人生与他们并无不同

我见识了他们的风景

收藏起他们飞过的河流

那是我所有的泪腺

我收藏他们刻画的表情

没有愤怒

只有悲悯

2022 年 10 月 14 日

相逢在下雨天

下雨了
炎热秋天的终结者
在我眉毛前下沉
火箭一样仓促的炎症
径直射进我的人生
在眼眶深处泛滥疼痛

雨过地皮湿
和稻谷一样干瘪
稗子和风一样干燥
卷起时光陷入土地

裂缝的中心
残存的身影
苍老的喘息

习惯性忍饥挨饿
侥幸画饼充饥
漫灌式喝酒
假装快乐地舀起这一瓢痛苦的源泉

这些，逐渐与气候相融并进

这只是一种祝福
不只是一个人的天空
在萎靡处相逢
努力渴望重生
复制一年一度的枯荣

一定有魔鬼
妖风不可避免经过每个人的头顶
雨滴在到达前
吹起的风筝已断了线

2022 年 10 月 6 日

早上

奔跑的船划出一条道
随意切开伤口
水毫不犹豫愈合

仿佛从未发生
发生与发现是两回事

远去的飞鹰
身体被天空遮挡
怎么飞
也飞不出自己的翅膀

我陈旧的发现正在崭新发生

在风雨间隙竭力
世界的早上
在不同土地先后发生
八九点钟的光明大多漫步浓云上方
太阳的脸被包裹很难被发现

过去发生在自己的体验中

今早天下大事正在发生
水会忘记
鹰会忘记
我不会忘记
发现刚刚醒来
又即将睡去
我只不过途经世界
在早上打了个转身

2020 年 9 月 27 日

358

在秋天与一片叶子重逢

秋天的尾声

我捡起一片树叶

咀嚼过去的时光

重拾曾经的自己

我发现了昨天的模样

记起前世今生的缘分

在长久的风雨里约定

久未谋面的人走过来

握紧未来已来的手

今天霜天雪冻

北风的间隙中

翻开堆积如山脉络起伏

流言蜚语随远去的涛声相映红

看得见的凋零

枯荣挂在前头

我在寻找什么

我能找到什么

眷顾回不去的过去

回望无声无怨无悔的影像

在定格在回放在过滤

只剩下一叶障目

秋阳如血拦腰相抱

踩着了我踮起的脚尖

前无古人

后无退路

为秋天让道

您先走

我陪上一生

2022 年 10 月 19 日

气候

当河停止流动
冬天在抵达夏天的路上减速
静止的血管
山川大地
归于冰冻

一条长河的起伏
被时间忽略
水位与波峰波谷
刻舟求剑的痕迹
在河床上停顿

干旱在继续
蒸发源头上的泪滴
云不见踪迹
水不见倒影

这是一个时辰叠加的脉搏
在我眼前消遁
气温降低但不下雨

蚯蚓

蜷缩在遥远的春天门外

叶子

飘零并不代表秋天的特征

明年春上

你看这些树是否发芽

在所有的山野和市井

没有跌宕的经历

水干了

相同命运的人告诉我

走入的不是同一条河流

2022 年 9 月 25 日

平分

关心秋色与当下
情人流去的河滩
蚌壳已经干涸
等于是竭泽而渔
捞起守望的故乡
无处安放的历史与遗痕
到处在拉扯在撕裂
维系伤口与骨骼的最后一根筋

平分秋色
一半是悬崖一半是天空
抬头望遥不可及
低头思渐行渐远

一半是幻觉
一半是睡眠
雷还在打虫仍在躁动
雨，一直未下
我的两个眼珠
丈量了近距离的收成

汗滴还是泪
被一些阳光萦绕
更多黑色包围

秋分
甄别眼睛里的整个世界
一半是白天
一半是黑夜

平衡马上打破
白天越来越少了
光明的使者
撞上黑暗的搬运工
一半是窒息
更多是残喘

未来已来不会停止步伐
一半是灰尘
全部在雪崩

2022 年 9 月 23 日

树叶经过人间

树叶在身体里坠落
经过我的眼睛和心腔
没有任何迟疑
砸在冬天的青石板上
汇合了两只惊恐的脚印

树叶经过人间
被人间碾得粉碎

疼，是最好的命运
不疼，是人们看到的最后结果

树叶
与人一样归零
明年，它与人一道仍将出发
迎接新生

2022 年 11 月 16 日

雾

时下的这些重重迷雾
在反射中上升
光芒中消失的突击队员
突破封锁
向着唯一的道路进军

十月的大地风起云涌
别无选择
像面对了不可重来的命运

像未知的深浅
像迎面撞来的冬天
将我抓紧

近观眩晕的所有世界
远看小小棉絮一团
风景在后退
暗物质冲过去
不可预计义无反顾

把谜底揭穿

无数的雨滴飘浮在空气中
那是我望眼欲穿的眼睛

2022 年 11 月 18 日

冬夜第一场雨

滴答滴答
时光分崩离析
我的眼泪从眼眶
夺门而出

奔涌的
不是春晖喜雨
是天空的沉淀
从过去砸下来的往事
直抵家园

乡土描写的一句诗
被雨水打湿
又被脚步溅起

从多年前冬天开始循环
重复的一年行将过去
唯一的一生去日苦多

我在指尖上动荡

十条以上的道路连着心

抚摸漩涡上浓云起伏的心跳

在母亲的忧患与担心中

静默良久再次启程

2022 年 10 月 28 日

今夜有暴风雨

雨季的规律常常灵验
该来的总会来
匆忙的脚步跑不过雨
注定会打湿鞋面
甚至漫过脸

我踮起脚尖
回头看路被淹没
风烟满楼
消息传遍每一个村落和街口
趴在窗户上打探天气的人不止我一个
大都侥幸且惊慌失措

我决定迎风向前
今夜的暴雨
从很久很远的地方飘过来
在眼前的天空拉锯对流
与今天的心膛汇合
锋　气旋　垂直运动
我从容走过去

没有一点犹豫
在所不惜身上的毛线衣
衣服是爱人织的
知道划伤实在难免
身体是妈妈给的
知道家人惦记而着急

雨降下来
与我前行的路不断切割
我迈着与地面呈九十度的步伐
迅雷般推进

向往着早走一步
相信可最先看到第一道彩虹

天气预报近来很准
昨天下了鸡蛋大的冰雹
今夜有暴风雨
大面积大概率

2021 年 6 月 28 日

发现

在泥土中寻找犁铧
在江河中寻找帆船
在时间中寻找往事
在走过的万里路上
寻找梦想与幸福

我走过大好河山
走过青春年华
止步在天空下
天空是一面镜子
它反射了我的躯体

镜子里豆苗在持续萌发
找到自己长满草的脸
和被荒芜掩盖的心跳
来自土地，回响在天际
成为镜子里的精神与力量
我发现今生最大的奥秘

2023 年 7 月 27 日

在同一条河流上

我两次以上
踏入同一条河流
今夜
桃花朵朵开
同一幅图景先后呈现

还是上次的花瓣
飘扬而下
雨
滴在另一个季节的门前

从故乡的同一个源头漂流
渔灯照亮的花事浸染芳香
还是那一条河流
雄姿英发波涛阵阵
穿过石桥
风烟浩瀚奔跑向前

我整好行装
与一河的心事顺流而下

刻舟求剑

在船舷边

找到那把生锈的钥匙

今晚久别重逢

我用它

打开心灵故乡的门

2021 年 7 月 24 日

诺言

当晨曦陆续抵达
更多光明相继入眠
当快乐偶尔抵达
更多情怀持续熬煎
当青春正在抵达
更多风景逐渐凋零

我记住了我看到的

在太阳照耀的另一面
坚持摸索向上攀登
在称心如意的另一端
努力活出安稳平静
在放飞青春的另一季
始终尊重守恒规律

我忘记了你没看到的

2022 年 7 月 9 日

明天

端午节前夕
我从古城的心脏穿插而过
看到一尊尊凝固的历史
他们沉默无言
怒目圆睁

看到流动的身影
他们继续前行

这是一些活生生的人类版本
在历史的轮回中迈进

我不禁大吃一惊
目睹了千年之后的自己

这些运动的轨迹
沿途的风景
构筑了我心事重重

太阳即将到达地球的那一边

余晖照亮了现实

这是我在古城遗址中
留下的最深刻的踪影

它必将在千年后
成为放光闪烁的一尊

2022 年 6 月 3 日

循环

你耳朵里的电流声
终于把我击倒

天空下的奇迹
我种豆得豆芽种瓜得傻瓜

现实中的规律
我撒下龙种收获了杂草

过去的问卷
陶渊明先生如何贫苦而长生

未来的景观
雷打在床前雨流向梦乡

眼前的事实
既往镌下铭文公鸡正在打鸣

2022 年 4 月 30 日

留白

内心在孤独覆盖后闪耀

第六辑

纸

像纸一样薄的篇章
写满两千年情怀
老乡蔡伦工作之际
在诗书的正反面
铺开多少段落和惆怅

是谁力透纸背激扬文字
一张纸一张纸翻过去
一片雪一片雪堆起来
最终堵住了我的眼眶

纸上一把辛酸泪
纸上得来终觉浅
兴衰荣辱胜利者的微笑
悲欢离合凡人的记载或注脚
被尘封已久

纸上的过去
被打扮成小姑娘
纸上的明天

描摹无法言语的黄昏

纸上的当下

在雨打风吹后

摊开

人情一张纸

功名一张纸

出生一张纸

墓碑上的纸

点着了清明后的每一个时辰

一架纸飞机

在放飞童年的手上蹒跚

一只纸老虎

狠狠砸在壬寅年的春天

2022 年 1 月 10 日

坐飞机行走

在河流上蜿蜒盘旋
在发光的大地上
我已起飞
逐渐模糊了熟悉的土地和人脸

那些土地上的影子
谱写我的持续经验
忘记密码的人生
存放我的诗歌典籍
我的钥匙丢了
我的指纹与它相隔甚远

我看到的河流土地十分陌生
以前我记住它们
其实是记住了河流过的土地边上城市村庄
记住的是沿着水居住的人
记住了智者的体验

河无数次在土地上拐弯
它是无意的

即便是几条河流汇合在一起
也只是在土地上短暂地扩张
很快又收缩而行

我飞跃而过
把往事甩在后面
只是在几千米的空中
名利恩怨都成浮云
可以视而不见

我从水的源头来到出海口
一会儿经历千座山万道河
俯视无数次奔腾
最终归入大海波澜不惊

坐飞机行走
看到的景观比较集中
我要说
人经常不如一只鸟
你肯定不服
以前我也是这样固执己见

2021 年 12 月 5 日

霞光入海的地方

光芒万丈有个过程
这我亲眼见证

窗台的风景根本不同
同样的山水田园
同样的日落日升
霞浦晨风吹起的
是山下的波浪
晨光照亮的
是水上的渔船

山上山下
远望是静止的画
在我的窗台里打开
山水画光线变化
呈现更加分明的层面
一一推开我的视野

水上一条船
出海归来

山间一群人
依然在梦中

与我同行早起的人
好奇爱看新鲜
围绕日出的几十秒钟守候
人群在抢拍后纷纷撤离
这片海上田园唯我独尊
无边的原野上
太阳节节高升
每一刻都与众不同
一连串的身影晃荡
太阳的步伐
在滩涂上流水行云

我正是在昨晚看日落的地方
见识太阳的脚步
轮回的光明在牵引平凡的万物
渔民、鱼儿虾蟹和鸟
与我拥有万丈豪情

只须等待
便有信心

一个箭步

海上的光芒上了树

在我的窗台

公鸡引吭高歌

一口衔住了正拍摄太阳的手心

2021 年 12 月 4 日

只是在一片柳叶上眺望

有缘总会相见
就如我从桃花源头而来
依着沅水的血脉和武陵山的体魄
在一片柳叶的吹拂中
看到深深浅浅的湖岸线

一池水摇波多少年
落花流水春去也
秋水望眼欲穿
等我拾起唐诗三百首
往事已越千年
我看到片片柳叶像行行千古绝句
飘落下去
溅起一地枯黄的韵脚
我目测岩柳根被浸泡的深渊
体验百转千回的冲洗

多少孤单的人永垂不朽
把诗丢在黑暗的风中
多少寂寞的人后来终留其名

当其时却隐形湖中小岛围炉独饮

柳林常青叶落归根

柳叶湖

这样的感动无时不在

让历史的天空

滴下无边无际的泪

有情人在水的四方抒怀咏志

海一样的目光在上升

漫过柳梢上方

筑巢的群鸟柳叶一样纷飞

虚实的人生

冷暖的故乡

漫卷的诗书于夕阳西下

在折叠在摊开

在重复在继续

三百场诗雨落成的湖

一直都寂静无言

十六个或者更多来去的身影

在这里推敲七十七首诗篇

擦亮清洗缝缝补补

在心灵上打了一连串补丁

文章编织千古大事

刘禹锡的陋室

杜牧的枫林

子美的草堂

屈原的汨罗江

刘长卿的苍山

王昌龄的芙蓉楼

拨开宏伟框架或细枝末节

透过月朗星稀

注目这些移动的家园

行走的情境

他乡的故乡

在柳叶上方

又一回约定

归去来兮

我是在柳叶的柄把口

遇见刘禹锡

他从桃源佳致移步换景

而我恰好从同一个源头漂流而来

我们足足聊了一千年

话题是朝代上那些事

以及个人的幸运

为了同一份柳韵

为了同一腔情绪
我们只是在一片柳叶上
凭栏远眺

只见时间洞穿的回声在风中吟咏
覆盖了诗歌筑成的湖基

只见波涛驾起的扁舟在风中扬帆
百舸争流涌入天际

只见梦想萦绕的人生在风中起伏轮回
山高水长不舍昼夜

只见柳叶翻飞易如反掌
我们都在柳叶上
看到了无数次天地倾覆

2021 年 7 月 25 日

太阳照在渔人码头

时光总是弯弯曲曲
好像一条路走向远方

好像我
在走向远方的路上弯弯曲曲

人生可以被忽略
好像一粒灰尘撞上宇宙

好像我
在地球上蚂蚁一样爬行

太阳照在渔人码头
枕流而眠的水路与大地
连同种下的花草逐渐苏醒

鱼与渔的故事周而复始
渔人在河底打捞
心事往事汇合成浩瀚无垠
在得失之间取一瓢饮

水路通天

酒浇透一蓑烟云

从昨夜到今生

守望与出发转瞬即逝

坚哥，闪烁雨雾中的星辰

好像他临风而歌的手

碰到就要开放的花蕾

在现时的冬天酝酿美好芳华

在又一个黑夜抵达前

把一万遍隐忍的疼痛抚平

2022 年 12 月 12 日

风中的种子

风摇落一地枯黄
一粒种子从前世来到今生
它驻足枝头洗耳聆听
风的呼吸
深情注目寻找风中的道路

种子穿上金色外衣
裹得严实
并非冬天的秘密，这些保护装置
在弱弱的风中荡漾
像极了我肩披蓑衣
一路出发走过高山大海
在四季的轮回与邀约中回来的神情

种子
流动的时间在大地上短暂停顿
见证延时的事与人
——细细迈出脚步
观察这生命的序列如何重新排队
渐次走向下一段征程

它已经回来

并即将出发

朝向明年春风

怀揣种子的人生

期待与命运十分雷同

2022 年 11 月 4 日

诗歌的太阳

我已经拨开云雾
在你的视野中远行
奔向诗歌的远方
回望诗歌的太阳

来不及犹豫、彷徨和沮丧
臂膀在挥动
心灵在绽放，关注这些人生的新动向

季节在流动
不管是破冰而行的心跳
或者干涸已久的血管
没有生锈
波浪如沐春风未曾堵塞
澎湃如浩荡奔涌来回冲洗

诗歌是命运的血脉
是山与父亲的轮廓江河的航道
是未知的路是遗忘的景

诗歌是跳跃的爱情是想要的生活

是困顿的希望

是母亲的泪滴

是亲人的惦记

此刻是我心中寻找已久、腾空而起的火焰

当今天的光焰镀亮中国的山水

一个瑟瑟加上九十九个茂盛

千万个屹立的神

在膜拜的太阳下打着火把

探索人生的秘境迎接了勇气的回声

呼喊果敢决绝如此嘹亮

以诗歌的号角集结

秋已尽，你写诗的笔不再战抖

冬将至，我迈出的腿不会停留

我们和他，和他们，在奔跑中向阳而生

2022 年 11 月 6 日

今天我有空

难得我有空
在温暖与寒潮间
翻动红叶黄藤
在木落草衰的空隙
和风见面和雨见面
打开黄色的眼帘
和一段循环的枯荣见面

都是转瞬即逝
都是繁华落尽
风姿绰约的徐娘人老珠黄
迈过的只有一步的距离

走过来很快，匆匆过客
在现实的风景里
在理想的玄虚边
桃之夭夭
伴一路的光线加速冲动

奔向远方

喘息声声脚步不停

驻守何方

血染黄叶铺满天意的大地

如此果敢如此坦然

正好有空

参照未来与内心

贴近属于我的极端平静

趁着冬藏好时候

开始贮备无愧一生

2022 年 11 月 1 日

屋檐下的人

晒屋檐下的太阳
吹人世间的季风

大多数人习惯成自然
坐在屋檐下
高谈阔论忘了时辰
翻古扯白或者说些未来
其时是下午一点半
命运低下头来
云起伏跌宕在眼睛上方
水在脸颊打开的天际泄洪

屋檐下的人
看花开花落
果实是秋天的怀念
空想幻影
无非是伴青春逃离

屋檐下挂满了帘

所有的人一一经过

寒潮来了

头晕眼花感到有点痛

2022 年 10 月 8 日

烛光里的书本

一本书摊开

无数的页片

带着过去识字课本的余温

在老书桌的边沿

在粉笔灰的下方

在我眼皮正前方

消瘦滑落

堕入卷笔刀的内孔

呈半圆形散射

没有人翻动它

一切不过是自然而然

偶尔被我撞见

我吓了一大跳

多么熟悉的力量

曾经的指路明灯

已渐渐黯淡无光

就像我

透过窗户
无意中看到风中雨中
摇摆树冠上的叶片

只见阳光在叶片上
洒下的光亮
被吸引后被吞噬
天狗食日
只留下一个轮廓一个剪影

那个留着胡子的人
怒发冲冠
那个在救肉体后发誓救灵魂的人
奋笔疾书

识字课本让我止步不前
记住了风边路边的标志

我点燃一支蜡烛
迎风流泪的页面上
倒映天空下一个缩影

2021 年 7 月 13 日

灯光

在通往白天的路上
夜深了

身边的人都睡了
我却起床了
城市的灯火熄灭了
乡村的眼睛睁开了
太阳在地球的另一面
初三四的上弦月没有借来光芒

满天的星星
萤火虫一样闪烁
他们看不见萤火虫
他们看见了我

满天的萤火虫
星星一样闪烁
他们看不见星星
他们看见了我

星星和萤火虫
不知道地球的存在
他们都不是为了照亮地球
他们都只是
为了
照亮我

照亮
早起的我
出发最早的我

最黑暗的地方
星星萤火虫的光最亮
我睁眼看世界
发现了对比
接受了真理

在走出黑夜的路上
我的天亮了

2021 年 7 月 14 日

前进中的后视镜

我有一个后视镜
他的视界与我的世界同步
绝对不会走样变形
真实的视界如芒在背
现实的世界如影随形

他在我的余光中提供慎重判断
回顾过去不止于品读风景

他没有鼓动我大胆朝前走
却提醒我往后退须加小心

后视镜是我安在后脑门上的眼睛
往前走向后看

四伏危机在后头
因而即便是掉头
我也不开倒车

在无路可走的时候

我停下来

在没有退路的时候

我拐弯

仍然选择了最好的前行

2022 年 6 月 20 日

看戏

期待精彩
想象有味道
看戏的傻子和演戏的疯子
随时相见

悲剧扣人心弦
激烈的冲突
描述与你相关的经历
出不来
入戏太深
伤了自己

多少演个角色
谁能例外
记忆像个巴掌
啪啪
一个拍不响
怪你自己

忘了吧

还期待什么

喜剧全是假的

包括你笑得灿烂夸张

笑出来的眼泪

被迅速风干

无聊透顶

你决定逃离剧场

心里咒怨

白买了票乱花了钱

戏不会白看

戏不能白演

2021 年 6 月 27 日

寻找最后的支点

交给酒
交给孤独
交给一个只具有躯体的自己
问题由来已久并不复杂

在大脑上头停顿
那些最靠近天空的鸟儿
智慧的生灵
一个不留已经溜走

不再期待有人相伴
不再假装斯文
无所谓深沉
时间无限短又无限长
现实里的诗人
只剩下少数几个仍在流浪
更多的都已返回故乡
山川日月更加逼真
交给我活下去的一个支点

支点撬起地球

宇宙中的一粒灰尘上

沾满芸芸众生和万千诱惑

冷暖淡泊真情假意中

躺着一颗睁着眼睛的星星

那眼神如此淡定

看到了比世界更大的天空

2021 年 6 月 28 日

白纸上的钥匙

一张白纸用来画图
记录或是掩饰
方法从生命中来
向生活中去

所有的通道
只差一扇隔着一张纸的门
锁在哪里
就往哪里捅

在烟火浓稠的地方
在清冷与悲伤的境界
人间唯一的捷径也经历了百转千回

我们已经习惯
在白纸上画出种子和道路
渲染雨雾风霜
画出道义担当
着墨沉重苍劲有力
在扎根与花开时节把握机遇

学会一把钥匙开一把锁

打开一年四季
盘点粮仓
打开收成
抚摸心底的伤
白纸上的钥匙在旋转
沿着日益逝去的风景挺进
一支笔像离弦的箭
为我描摹前世今生

2022 年 12 月 11 日

留白，在一张白纸似的天空上

仰望
俯冲
铺开平淡生活
偶尔书写离奇
又总是事与愿违
善良的人历尽委屈并不安宁

所以不必再紧张迫切
放过一天空的阳光月色
放过一天空的天鹅麻雀
无论飘上天或深入地
都终将风一样地路过

这里是景观人间，荏苒光亮聚拢一张纸
昼夜不歇描摹斑驳画面
黄昏浸染的落款上
后无来者登临

事实上我是最后的一个古人
在意含蓄与抒情

更大的意味漫过头顶

留下湿漉漉的现实，抹去忧心与愁苦

让手心里的水着力与自己相融

让眼眶里的风与树林大地苍穹挥洒

张开更大的世界

嵌入更多的人生

清醒为疼痛代言

一半是绝对隐忍

一半是沉默失声

白纸一样的天空，让位于未知的场景

在纸上方

我凝视找寻

遇见千万张往事随风的脸

在墨的下游

白茫茫，芦花与蒲公英汹涌成荡

蕴藏着自主呼吸和触景生情

正是，远处白茫茫的天意

也是，近处脚印被雪花覆盖的痕迹

留给远去的风景

留给近来的人生

2020 年 11 月 11 日

大雾黄色预警

除了新冠疫情，还有大雾警告。

　　　　　　　　　　——题记

每天都在经过三百六十五天
每时每刻四季持续更替
像储存粮食蔬菜一样
在空气中收藏囤积记忆
未必总是冬暖夏凉
信心如陈旧的婚姻
在平常与考验中度过余生

你的境界是卷起千堆雪
梦幻中浪遏飞舟
我看到大风中帘子飞起来
现实把我的视野逼近悬崖
今天眼角上眉毛飘霜
我看到对冲的气流浮动
你云一样上升
我白内障滋生
不过几十百把年的光景

你我在一团大雾中衍生

时隐时现出没的雾
黄牌警告现身
不可掉头和逆行!
看不清三五个时辰
减速慢行!

普天之下好大的雾
开成巴掌大的棉花一朵

2022 年 11 月 26 日

在白天黑夜之外

每一个白天
都值得庆幸
我提醒每一个顽强活着的人
对黑夜保持记忆

每一个黑夜
都值得期许
我关心每一个等待黎明的人
都有一轮不曾降落的太阳

在通往白天的每一条路上
人们踏破了黑夜的门槛
那些还没挤进白天的人
内心的恐惧无法形容

他们的爱恨
是我解读生活的一部分
我贴近他们的每一刻
认识每一个人僵硬的脸
注视每一个人麻木的神经

我特意在冬天
将黑色的种子埋进土地
静候花开的时候
把头挺进白色的尘埃

我对应白天黑夜
进而广泛联系人生
看到在白天黑夜之外
天大的笑话溢出眼睛
包裹了小小的地球

2022 年 11 月 22 日

真相

无需给每个夜晚抹黑
也不要给每个白天增光

真相摆在那里
不需要再做无用功
坦然平定内心
原谅一片叶子的遮挡
必然会与真相产生距离

叶子迟早掉下来
连同无法阻挡的冬天
覆巢而下

真相是落叶掩盖了真相

真相是鸟儿飞过
天空，无影无踪

真相是黑夜伸手不见五指

真相是阳光下影子盖过了自身

叶子散落一地
谁不断剥夺了光阴
鸟已飞出天际
谁长久占据了时空

朝阳正常升起
疫情日益严峻
真相陷入口罩后的面孔

2022 年 11 月 2 日

出发与回归

从春天的一个嫩芽出发
从夏天的一声蛙鸣出发
从秋天的一片落叶出发
从冬天的一朵雪花出发

回到昨夜的畅想
回到今晨的梦醒
回到短暂的喧嚣
回到永远的孤独

你朝着日出的方向出发
眺望远方
我在草木枯荣间返回
守候家园

你从求索中出发
走向繁华绽放的诗意
我从感恩中归来

回首人生白驹过隙

出发与回归
擦肩而过

2022 年 11 月 19 日

习惯

为了和过去的自己对话
于是翻看压在箱底的相片

为了迎接明天窗外的光
于是今夜继续为你点燃一盏灯

为了守护那一丁点绿芽
于是穿上厚厚的棉袄越冬

为了保存仅有的种子与根
于是只顾往土地上浇水

为了等待怒放的青春
于是把右手举过清瘦的头顶

2022 年 10 月 31 日

收藏

我有一枚化石
把它蜷在被窝里

它是一个时辰的尾音
与下一个时辰的首音
尾首连贯一气呵成

化石，经历了多少时间
听到不知多少遍得到与失去
感到不知多少回奋起与沮丧
此刻在被窝里逐渐凝结

它已经睡去
最好的希望在失望中
最坏的结果在现实里
为等待一次成功的绽放
付出了千万夜失眠的孤独

它终将醒来
客观冷静地呈现

化石的泪腺

不受时间地址的牵连

化石呐喊声声

井底的蛙鼓枝上的鸦雀

徘徊与低鸣

时间一一见证

神灵般存在的天眼

必然发现

某人的被窝里，一枚化石

固化了一段被遗忘的人类光阴

2022 年 10 月 29 日

共享

对于每一刻的人间奇迹
表示庆幸

面向终将失去的
连一个背影都不会留下的短短一生
保持沉默

我想和你共享的
不仅是这满屋的阳光
更多黑夜里无止的孤独

2022 年 11 月 15 日

影子被光照亮

电源开启
一束光从远方蔓延
闪烁的流星日益扩张
直到它的光辉
将我灼伤

是一朵花开的能量
是一粒果实结下的积累
是多少时间与目的地的重复叠加
总有一片光影为我而来

光来自无涯
它去向何方
照亮我不经意间一刹那的侧面
在清晨祈祷
在日中坚守
在傍晚向往

不留神的一束光
照亮迥异的征途

从今年年底出发
直抵明年元旦的黎明

被曝光的影子
是我垂直的脚印
它像悲伤的诗行被禁锢在地
接踵而至
更多的影子
组合成弯曲的天幕
在无奈中飞翔

空中
地球在追赶太阳
地上
人影遁入黑暗

2022 年 12 月 5 日

事实

事实是一些水汽往上升
遇到寒潮结成霜
是否打了茄子柿子无关事实

事实是冬天注定抵达
任何人都将感受到冷暖
是否降霜下雪无关事实

事实是未来已来
你没有觉得或者不愿接受
是否还在等待期许无关事实

事实是我睁着眼睛
看到了事实的模样
把昨天的焦虑与今晚的抑郁告诉你
无论痴人说梦或者杞人忧天
即便事实无法改变更新
都无关事实

事实是总有人酣畅入眠

总有人度日如年
而不顾事实

事实是我行进在事实中
参与了事实
看到在重重迷雾中刀斧般的风
剥开赤裸裸的皮肤后
露出鲜血与心脏的事实

事实是我用事实造句
把事实写成了诗!

2022 年 10 月 25 日

假如

假如继续奔跑
我将把脸抛入无边黑暗

假如故事延展
我将有一万种以上结局

假如忘记所有过去
我将彻底一贫如洗

假如不曾头破血流
我将跳入粉身碎骨的深渊

假如黎明正点到达
我将亲自熄灭路灯的光芒

没有假如，就转过身去
没有假如，就在梦中醒来
没有假如，就做个富得只缺钱的人
没有假如，就忍住累累疤痕独自疼痛

没有假如，就点燃举起的伤口
让这些火焰
在最好的自己面前
擦洗所有人的眼睛

天气降温了
直到秋末降水仍然没有发生
错过一年的雨季
我，终将赢得一世的晴空
因为，没有假如！

2022 年 10 月 13 日

比例

百分之九十九的人
在阳光明媚中逝去
百分之一的人
在黑咕隆咚里出生

百分之九十九的花
成为四季轮回的经幡
百分之一的叶子
遮挡了面前的泰山

百分之九十九的酒
麻醉了白天的神经
剩下的百分之一
洗劫了夜晚的清醒

百分之九十九的苍山青翠
任凭翅膀——飞过
百分之一的江河暗淡
让时间无影无踪涤荡

我挤开百分之九十九的脓包给你看
你闻到百分之一的血腥

百分之九十九的雪
在天上集结
百分之一的水
在眼睛里融化

百分之九十九的星辰被天空覆盖
百分之一的大海挤满涛声

百分之九十九的人远离孤独
百分之一的人享受了它

百分之九十九的花瓣被风埋葬
百分之一的果实在疼痛中结疤

百分之九十九的人隐忍了悲愤
百分之一的人用诗作出回答

百分之百的历史被相继遗忘
百分之一的新闻继续发生

2022 年 12 月 3 日

钟摆

神秘的力量
把时光掠走

我在时光的首尾
看到两张侧脸

一张朝阳下一张夕阳下
在回味在体会
看见被吞噬的星空
仰望属于自己的晚霞

弹性的撞击
来回的摆布
走不出的时局
我从霞光涌动看起
到水中的倒影晃荡多年

我的眼睛潮起潮落
我的轨迹原地画圈
无数个日升月落

无数段生命起承转合

山峦重叠如此沉静
白驹过隙如此陶醉

钟摆的四围
许多的人最终大病一场
悄无声息地死去
我也是死去活来

2022 年 12 月 8 日

穿越浓雾的我的眼

一些破棉絮
在阳光下层涣散
懒洋洋的风
与虱子钻过的洞
通透了过往云层
这些岁月的遗址上
墙角逐渐蜕皮
人生已登场亮相接近尾声
缝补了曾经洁白的灵魂

一件破棉袄穿在身上
走过了多少年
活到了今天
阳光打在山顶上
与我的额头尚有距离

雾里看花
一些云朵遮盖的大地
一些不再重复的人生
在阳光中流浪

在黑夜中沧桑
向上方挣扎
向深处忧伤

2023 年 2 月 14 日

名义

以病毒的名义，把自己隔离
以爱的名义，原谅恨
以梦的名义，在倦飞后返回

以时间的名义，成就历史
以春天的名义，挨过冬天
以陪伴的名义，我与你同行

以歌颂的名义，继续哀号
以孤独的名义，向夜幕突围
以名义的名义造句，我在愤怒中把愤怒写成诗

以坚持的名义，透过天空发现未来
以乐观的名义，显示生命的意义
以人生的名义，在死前努力活下去

2022 年 12 月 26 日

出发

或是减速
或是停顿
或是转弯
或是掉头

远去的翅膀与天空下的道路
成就了最好的前进

不是犹豫或懦弱
面对陷阱悬崖勒马
这是作为主人我唯一的决定

在看不见的前方
我已经出发，我不再出发

2022 年 12 月 25 日

声

一根火柴冲进夜里
一根稻芒扎入肉中

这些事物产生的声波
在大脑留下迹象
潮落潮生轮回跌宕
构成从寂静开始的喧嚣
声声漫卷
春天的花开了
夏天的雷打鸣
秋天的叶落了
冬天的雪无痕
匹配于掩盖伤口的我
和一切坐等结疤的时辰

不止有一种声音
不应只有一种声音

有的人在装聋作哑
有的人在掩耳盗铃

前些年月开始，我是真的耳背
只好屏住呼吸
握紧四季的脉搏
聆听时间的尾音

从昨夜至今
被劁的公鸡不再打鸣
其他的受了惊吓呆若木头

仍然有力竭嘶嗷
在空旷的路上传承
冲撞现实的感应
打击洪钟的回音

火光噼啪
我耳进耳出的寓言
芒刺呼啸
我耳廓耳蜗边的悬崖
唯有风在呜咽雨在啸吟

亚马孙森林蝴蝶的翅膀扇动
余波未尽

病毒在蔓延
保持沉默躲避风险

选择孤独
倾听内心的神

听风，相信风
听雨，相信雨
我耳听八方
不发一声

2022 年 12 月 16 日

发现地平线

发现地平线
发现地平线上的自己

多少次出没形单影只的足印
在风中传送铁骨铮铮的背脊
在被压弯的枝头下侧身而过

奇迹一生中难得一遇
让我感慨不已
当今天再次高速出击
看到地平线上方
三百六十度的光环
映照我单一的背影

2021 年 8 月 23 日

回顾昨夜的快乐与忧伤

在热烈的欢聚后
一路酒精引燃
沸腾了我的每一根神经

回到漆黑夜里
继续正常活着
充血的眼睛看到
万里之外的光线
那里天渐次亮了

我因此不断清醒
暗自忖度这是什么过程与力量
将打开怎样的命运与迷惑

光明即将到来
大大小小的孤独
进进退退的身影
映射着
此刻的呼吸与睡眠

我的呼吸比空气稀薄

我的睡眠比梦想短缺

2021 年 8 月 16 日

第七辑

誓 言

一切孤独者是最高尚的

呼吸

与生俱来
伴死而去
做一个动物或者植物

在不易觉察的悬崖
看从未有过的忧患
滑翔，与本领无关
坠落，技能不会失传

在七月的蒸笼里
寻找清凉
我吸入你的苦难
十分沉重
你呼出我的孤独
无比麻痹

2022 年 7 月 23 日

今夜要闻

沉默是夜的底线
在梦外遗落了幻想

把掩耳盗的铃
在夜里交给风

没有人看见
一只白色的鹭鸶飞起
灵魂颜色很深
无论白羽和黑嘴
与夜融合
成为被我揣测到的事实一部分

我路过今夜
反对讳疾忌医
夜深人静苟且偷生
脸上流过的是泪还是雨
把心跳反复冲洗
讳莫如深水一样漫过地平线
不知在打湿我的脚步同时

是否附带把明天的太阳浇透

我从暴风雨抵达前学会感恩
我从血脉涨潮前回游到心脏
我从旷世孤独前找到无数自己

今夜
心已归零
时间重起

2022 年 6 月 23 日

发现孤独的诗神

我在孤独中写诗
记录生命的畅想
风雨兼程美妙时光
我坚守呵护的回忆

我在写诗中孤独
人性光亮过气君子
美人迟暮世事谎言
我乐观看透的真实

明天会更好
我的眼睛不再疼痛
今晚必然孤独

富有得只剩下自己
我是我的主人
拥有独立大脑幽远视野和无愧无怨
情志安宁空灵
精神丰盈解脱
在飘逸的胸怀里向宇宙放飞

多么像一只自由来往的鸟

一尊被孤独沐浴的神

2021 年 11 月 4 日

孤独的代价

寂寞像火一样燃烧
夜色像水一样漫延

把脸色融入夜色
用尊严支撑最后时空

那些踮起脚尖眺望的人
视线始终指向家门

那些低下头来笑的人
阳光已为他编织高尚的年轮

2022 年 7 月 2 日

孤独的品质

曾经在黑夜里
我希望时光凝固
只因知道那刻醒来仍是黑夜

今夜我希望时光凝固
只为期待留住失眠中
内心的孤独

在黑夜中睁开眼睛做梦的人
孤独无比

无比孤独的人
无比高尚

2022 年 7 月 2 日

孤独的未来

沉默不是金
死不是重生
活着，是顺应命运还是尊重幽魂？
选择一条人迹罕至的小径
出入世间与心灵

我不必冒雨顶风
昨夜又一次瓢泼
把我的脑子和肠子洗清
孤独中与天地对话没有停顿
迎来送走日月星辰

我不是一个人在寻找未来
我不是没有一个人同行
我只是在为内心寻找未来
我只在意与内心同行

未来不是孤独的全部
我的孤独从昨天出发

在今天继续

它抵达未来的模样

布满了时间的角落

2022 年 7 月 3 日

当天空还没有醒来

努力说服自己

忍住不要回忆

我有坚持的耐力

夜色边缘，黑暗的光

把山川笼罩，诗无际涯

像攥住蚊子一样，对待手心里的碗莲

荒唐的梦，与世隔离

内心放下独白

无法优雅深沉

弃用隐喻和暗示

象征的惯用手法

幻觉被层层迷雾迭代

意象被反复覆盖

优美抒情

只存一丁点儿古老影踪

我有替代的产品

将独立思考与自主呼吸

虚化成生命中一场企图实现的睡眠

这正是我在昨天
幸运感知到的真相
和唯一可以实现的决定

当然我还可以买醉
托迁徙的小鸟捎信
告诉北方的爱人
无非我眉头上的寒冷未曾远去
春天夏天秋天冬天
雪花不断飘落在我的纸上
隐藏了离弦的箭

我在黑暗中思考
像缝补一件青春期的棉袄
我穿上它
回顾过去当下与未知
摸了摸自己升温发热的头脑

那是我点着了用来写诗的纸
我的失眠，始于躺平后火焰的灼烧
我的清醒，终于宇宙轮回前的灰烬

等待朝阳一圈圈扫描
等待光线识别脸谱
除了惊喜，我面无表情

当天空还没有清醒

我为人间点燃一把火的行程

2022 年 5 月 14 日

享受孤独

千万年酝酿的静默
只为凝视
眼皮底下所有的喧哗

在缤纷的路上
携手共进或擦肩而过
难免回味出发时的模样
打了鸡血的斗志
额际线的光亮
父母亲人的热望
此刻未能穷尽的壮志
最终栖息在各自倦怠的枝头
我累了歇一歇
保留最后的力气与温度
往回返

发现生命的征途上
每一段曾经飞越的里程
都铺满向上的脚印和向下的指纹
在每一个影子的底层

都深藏着勃起后的睡眠

那些阳光下的惶惑

成长的代价

誓言长成了跳蚤或稗草

最好的安排早已注定

时代的天空下命运渐行渐远

那些猎猎的旗帜

被吹进岁月的鸿沟填埋了记忆

世事一阵轻风

我在风中隐藏

风擦亮眼睛

让我信仰孤独

爱上重逢的自己

享受孤独

放下凋零的人群

2022 年 3 月 10 日

影子

多少年
和追随者和跟踪者
在一起

有光的时候
我看到自己在太阳下站立
有时候看不到
比如日上中天
比如一叶障目
也依然腰板挺直

无光的时候
我看到自己从远方回流
黑暗浸泡了躯体
夜色承载了心事
我就开始躺平

在阳光走不到的地方
在光线无法拐弯的时候
影子搁浅在心海

只有我知道它起伏奔腾的模样

影子让我觉察到

活着的周围发生的变化

有光的时候

我参与俯视太阳的踪影

无光的时候

我独自仰望自己的模样

阳光中的影子

黑暗中的内心

阳光的追随者

自己的跟踪者

2022 年 1 月 12 日

466

走在孤独的路上

在万水千山的疲惫后
大碗沉醉

在秋去冬来的蛰伏中
长眠不起

伴随百转千回的脉搏挺进
回归田园

孤独如神来之笔插入内心
孤独如灵感盘旋倒映精灵

我享受内心
谱写宁静的往昔
孤独主题深深浅浅不曾远离

一把伞在天空覆盖了头顶
触及我的过去
呵护我的余生
掩护了一条归路

这条路早已确定成为目的地

反复接受中坚守孤独
再次选择中得到清醒

2021 年 12 月 12 日

重逢

这些日子好久不见
你我都去了哪里
远行或者隐居
遭遇已不重要
无非风雨雷电阳光
白天夜晚辗转难眠

今天握过来的手
仍然苍劲有力
纹路如此清晰
你的眼神被我接纳
我捣了捣彼此手心里的指头
在温热里盘算深秋的收成
奇迹全都生长于与你的再见

冬季在持续
难免有些凉意
把过往贮藏起来
像插进裤兜的一双手
缩进棉袄的一颗头

无法重返的沧海桑田日益遥远
只见一转身的风口
美好的代价散落芳华

你的脸庞上长满树根
那些触须
深深扎入我的眼睛

2021 年 10 月 28 日

那丁点儿笑料

围绕有趣的灵魂
立志做一个有故事的人
适时放下负担
不间断放松
更加从容而深沉

选择明媚的早上
把头一晚的梦圆好
只讲给有趣的灵魂

真情实感津津乐道
忍不住率先笑出眼泪
故事不多不少
正好是漫长悲剧中
那丁点儿笑料

怕你听不见
我决定在你耳边吹口气
说

这真的好笑

绝不是开玩笑

2021 年 10 月 31 日

孤独的房子

在为数不多的幸福中
我首先选择了孤独

我垒成一座房子
将我和孤独一起安放
在阳光普照的书屋
我和孤独时时聚会

在黑暗笼罩的世界
无边的孤独支撑了我的躯体与决心

这座房子船一样向风雨游去
在孤独中
为高尚的灵魂摆渡人生

我看见一些我爱的人
忍不住摇头叹息
我还用余光扫视到
一些嘲讽的脸

现在我只爱一切
把孤独放在一切中的首位

你不知道我对孤独有多热爱
你不知道我的孤独有多深重

2022 年 11 月 28 日

四月的灵魂

那些在花蕊上打坐的人
那些在枝头上念佛的人
都是不可模拟的神
我仰望、平视或俯瞰
遇见的是更广泛的芸芸众生
情况与场景十分类似
无需比较甄别
懂得他们的渴盼与挣扎
都是容易理解和同情的灵魂

我的咏叹与悲伤
从他们反复的起落中衍生
普遍而现实的规律是
我无法说服他们一秒一分
只好放弃了自己唯一的一生

当我独自在波浪上飞翔或者气流中飘过
如一粒撞碎后纷乱的尘埃回归
在贴近泥土时感受到恐惧与痛
启发我打量四月的真相和下一个不可预估的时辰

灵在何处魂驻何方

不过是时光浩瀚中一次旅行

在一双双翅膀的扑腾中流浪

在一声声蝉鸣的呐喊后失声

终将趋于表层的平静

唯独在翻涌的心口

血色的黎明水落石出

像一盏黑色的灯笼顶风而行

2023 年 4 月 12 日

那一天

早上
公鸡照样打鸣

上午
我照样没有起床

中午
太阳照样毒辣

下午
叶子照样一片也没有落

晚上
周围的人照样酣然入梦

那一天
与夏天一个样
我必须做个记号
以后才知道是立秋那一天

2021 年 8 月 7 日

在你遗忘了的全世界活着或者路过

都是些误入尘网的心灵
被蜘蛛精编织进牢笼

在去往桃花源的路上
我不经意间
看见山看见水
看见山水间的尘埃
在蛛网上一一撞击

荒废多年的田园上
散落一地的琥珀珠玑
每一个故事展开都让人疼
一粒粒尘土飞扬
画出网上的同心圆
距离远近大同小异
多少重蹈的覆辙
堆积了火红的光阴

几千年都过去了
我决定从随波逐流的沅江上游

进入小小的脉冲
发现别有洞天
探索一个归来的秘境

放下所有人远离全部事
不再费尽心机
无意成败兴废的更替
注目水波上的道理
起起伏伏
从波峰到波谷一眼望穿

我拼尽九牛二虎之力
过上了平凡的生活
距离梦想的终点
还有最后五十年

因而倍加珍惜
感慨自己好幸运

不再努力适应不适应
在陶渊明先生的隔壁
带月而归
在背光处看见星光满天
静观沉默一张网烁烁其明

网外
隐者生存

2021 年 7 月 24 日

礼物

感恩生命中的遇见

像一粒微尘奔跑在我的眼睛

喷溅水花和偶尔的光

泪如泉涌架起彩虹

感慨预言与故事

体会一段又一段纠结

汇合成最满一杯苦酒

一饮而尽

咬紧刀口上的牙龈

醉倒在顺流而下的江心

像一只无头苍蝇弹射出去

在一只花喜鹊的鸣叫中返程

一瓣花铺开去的路

一片叶寻找回来的根

我不再假装斯文

从容收下一份敬畏虔诚

回馈所有的痛苦苍茫

2023 年 5 月 15 日

眼睛里的一束光

我沿着舒缓山歌调门
和萤火虫的节奏
满山坡扶摇而上
来到一束光的中央

眼睛里的光
溢彩的夏季在记忆里眨动
那是熟悉的小径
我顺路回到从前

延伸的火焰
花蕊布满天际
无法计算挥动的手
期待的脸一起向上向前

弥漫的光亮诠释谁的信心
口吐莲花
落落大方
魔幻的现实谁的戏法
让我变得踏实从容

我看清光后面的真相
依然相信善和美的力量

父老乡亲
我今晚与你距离最近
今晚我只留心亲人
在鲜艳的光明前发誓
我对你们的敬重
已超过自己

从此梦想的光
一束眼睛里的光长驻心房

舞台上方
挂着我儿时披甲执矛的身影
那是我日益老去的往昔
明天
我会更接近年轻

一束光
驻守在心灵故乡的月光

2021 年 7 月 24 日

霞浦夜晚

我住的民宿面对一片海洋
星光和渔船灯火一样闪烁
来到窗台的时候
真不知道是谁照亮的我

海上的星光寂静无言
与我的目光碰触
一波一波动荡
那正是我的心迹
让我在孤岛上无法栖眠

船上的渔灯突突有声
打鱼人开始忙个不停
我们交集在同一片夜色的屋檐

我与他们不同
他们点亮的只是凌晨的出海口
我更在意星光铺设的起伏航程

这就像隔壁房间的呼噜声吵到了我
我却在祝愿熟睡的兄弟做个美梦

2021 年 12 月 3 日

岸

在暴风雨之后
在海燕的低回中
在远去的黎明前
度一切苦难无边

放逐与回归
心上沧海桑田
多少轮流反复地冲洗
堤坝伴随亿万年的声浪纷至沓来

我在看清了的世界放下身心
见真菩萨不烧假香只顾修行
在一花一叶一尘埃的记忆中识别和储存
包括自己在内的芸芸众生

下一场暴风雨即将到来
回不回头
岸都在那里
下海去或上岸去
无非是波峰波谷的起起落落

见微知著的生命

得失苦乐里天雷滚滚

黑夜布满整个天空

一朵莲花像闪烁的流星

岸，渐行渐远

2022 年 11 月 20 日

错觉

把星辉当作晨色
把渔火昏当作东方白
错把今天的孤独当作明天的期待

把一叶的坠落当成丰收的秋景
把麻雀穿梭家园的翅膀
当成翱翔世界的天际
错把过去的经验探索远方的迷茫

以为天空下雨枯木就会逢春
雨过地皮湿
根已干死
错把事实当作证词

以为醒来就天亮了
眉毛上冰雪凝结
努力睁开黑夜的眼睛
以为只是做了一个梦

心灵的光在倒退

理想的翼在倒飞

雨，滴在倒流的河床

我，睡在自己的倒影上

错觉就像背对目的地猛踩油门

就像高速的发动机闯了红灯

就像在逆行的大道上一路纵横

2022 年 10 月 11 日

五月十日，深圳北站的相逢

我在冲向深圳的高铁上架起舞台
设计布景与剧情
安排和亲人们相拥相逢

空气中的温度光线雨水
打开了故事
在行李包裹中潮落潮生

我顺着芽衣舒展
梳理万千脉络
蹚过无数江河
将一路上收藏的景致
使劲淘洗呈现

多少山水飞翔的光鲜
跨过阴影伤痕
聚合在此刻
眺望前行中轨迹的运动
心随云蒸霞蔚
人伴风轻雨润

下午两点四十八分
五月的站台极为正点
一个舞台应时谢幕
整场大戏继续上演
深圳北站，掉转车头
我在下一台戏的观众入口处
捡起你失落悬崖的眼睛

同一个天空下
你的呼吸就是相逢
我的视线就是见面

剧情在最远处凝望
心灵在最近处隔离
五月十日在高潮处返程
中午出门下午到家
真心真情
陪我到深圳北站打了一个转身

2022 年 5 月 10 日

祝福

阳光已经出发
比预约的还早
擦亮我的窗照亮我眼
我一同醒来
想起前些日子预订了对你的祝福
如此准时而至

果真明媚丰满
祝福是起飞的温暖
祝福是咫尺的慰安
我隔着被隔离的危险
听到一个很近的声音
在敲你的门

2021 年 11 月 15 日

七月十五日，我发现苍天的眼神

回忆六年前的七月十五日，顾影自怜。

——题记

我在炎热与寒冷间
发烧，脑壳发晕

心痛缘于夏天的一支箭
悲哀射中了我春季的剧本

箭柄在真实的土地上扎根
箭头被血水汗水反复浇灌
苦瓜花飘飞千里层出不穷

与梦想打下的欠条
与期许扯下的合同
都在冰火两重天中板结
只有与孤独签下的协议
在别无选择中履行

七月十五日的心跳

像一场暴雨
从头浇到脚
雷电如此热烈劈头盖脸

我的身体逐渐削薄
收紧在日益急促的七月十五日
始于当下结束于未知
谎言在酷暑季在严寒的原野
一路狂奔

七月十五日
牵连了记忆、当下与明天
围绕回归与相守
一壶心灵故乡的酒
像夏天的雨不曾停顿
浇在喷薄而出的伤口
穹顶之下泪目慈悲
孤独的灵魂无声无痕

2023 年 7 月 15 日

494

活着，或是死于侥幸

铁定了回不去过去
怀疑人生或怀念从前
两门功课久别相逢
成为阵痛，又一阵阵痛
愤恨自己出卖了你
一个人独自揪着心
想得很多，很多无言的纠缠

我有过，也理解
我已如一只小鸟
挣脱了这身下的影
看见阴影中的你
何等相似地领会
为梦成真努力的场景

是的
我依然与你一样地痛
挣扎中顾影自怜
看山花小米般地开放
看叶片从青黄到凋零

怒放的生命

在燃烧后停顿

如此不甘如此不堪

重新来过？该多好

噩梦一场？该多好

侥幸：得到或免灾，纯属偶然

被埋在侥幸里的人很多

明春坟头的草十分茂盛

侥幸地生长，与你我一样常青

2022 年 10 月 28 日

我与时间附体的灵魂

时间必然揭开历史
像一只巨大能量的手

时间让我在太阳下哭泣
我独自拥有的真相水落石出
时间让我在黑夜中微笑
我抚摸着未来把记忆留存

我活着的时间有无数种奥秘
请听我一一细数娓娓相倾
如此坦荡安宁

当我的肉体落在时间的影子上
被践踏有一万种以上可能
承受是需要忘记时间的
关闭恨打开爱是我的逻辑

白天黑夜孤独在飞
风知道
那是我与时间附体的灵魂

习惯了沉默把内伤和解自愈

时间让我变得博大而宽容

我被时间包裹

相伴许多不为人知的缘分

2023 年 2 月 18 日

在镜子的那一面

照亮黑暗，

是光线的错。

这个错误，去年一共犯了三百六十五次。

——题记

习惯把艰难险阻回避

在反光的镜面上

从终点到起点

让忘记成为呼吸

内心的祝福眼角的热望

都一齐被照亮

我把你的手拉到眼前

请你一起抚摸我跳动的脸

无非长长短短一生

每一缕阳光都很天真

光，使人麻木妥协

让人侥幸得下不了决心

我在镜子前呵一口气

瞬间两颊全白
我已经不认识自己了

白天
光线持续折射出希望
陪你在漫长的帷幕中
看那么多悲喜如何浸染身心

夜里
我点灯前行
映照在镜子上的光阴阳交替
在鸟鸣枝颤中
越往前越靠近自己

镜子里的那张脸
光线填埋了今生的皱纹
跌落胡须丛中的花瓣
是我留在今世的胎印

2023 年 1 月 1 日

以一场梦的名义定义今生

理想的心事无非悲喜
奋斗伴鸡血走向天空
重逢的路上泥沙满身
反复哭着笑着
相约持续攀登

有无数种假设
受了惊吓的风吐出信子
注入期待的花已经出发
种子涂抹在心跳深处
悬崖相继延长探出头来
光打在门框上
孤独与喧嚣狭路相遇
短兵相接和无垠现实辉映

梦是一所辽阔的房子
我住在河西
那些曾经活蹦乱跳的太阳
被河东日渐高涨的楼群遮挡
这是现实中的事实

被我信手拈来
在梦中，我写诗的手握紧河西
眺望河东
不过三十年四十年
在转瞬即逝里见证青绿与苍黄两界
历经了十万八千里路程

梦是照进现实的一束阳光
黎明前的一声鸡鸣
让远古的祝愿
唤醒现实的篇章

现实中太阳不见了踪影
又一个早晨从昨夜开始

回望阳光满地
波峰波谷闪烁金光
梦境虚晃一枪
我面对现实不停地发呆
是它惊到我了

以为梦已经过去
其实现实远未到来

这几年好像什么都没有发生

做梦一样

今生夜最长

你我在梦中

2022 年 12 月 23 日

忠于风中的时光

穿过城门穿过风
过往的烟云呼噜声声
我忘记了去哪里干吗去
只觉得自己洞穿了一圈圈回音

记住自己是谁成为最难
爱恨离愁覆盖的眼下
到处是红花绿柳
时间的证人相继作古
只留下我面对长空叹息一声

风雨在持续抵达
像桃花油菜花落英缤纷
我必将在今晚坦荡归去
而种子早已埋在春天的大地
时间定义了当下形容了未来
明天会出现在心熄灯的地点
太阳探照我深不可及的睡眠

长短一条河

大小一阵风

充满起伏过程

额际的皱纹是一张收条

它卷起我全部的悲伤

2023 年 3 月 16 日

死于奢望

对生于麻木的脑袋估计过高
对被掩盖的人性期待已久
对只是过日子的生活常抱侥幸
记忆力与思考能力
与我的点评一样
逐渐缺乏陷入贫瘠

我不是指桑骂槐
并没有声东击西
秋天了
枯萎的证明
叶子一样卷起

不要怪我
我早就在春天的芽衣上
发布过预言

秋天来了
射中叶子的离弦之箭
将时代带到冬季

你看我

稳稳当当长驻春天

2021 年 8 月 25 日

给一种酒命名

在打了鸡血后
在出离愤怒中
在日薄西山下
在平淡日子里
下沉躺平

四时八节
做一个普通人
选择一种经历远离寂寞
适应悲喜
清楚自己不是圣贤

我遵循自己响应内心

眷顾现时的人生
留恋活着的年轮

既想着当下
只有五十三度水
如何才能改变人生

又关注未来
在冲动中寻找平衡

给酒取一个名字
我想了又想自己的模样
就叫
独醒

2021 年 6 月 29 日

我看见了暗物质

地球运转
一刻不停
无非是从这边转到那边
我就经历了一天
感到黑与亮
感到时过境迁

我总在这时候强迫自己上床
睡在黑与亮交替的缝隙
睡在时间延长的轨道
黑是睡觉的理由
在清醒与梦游的意识中
如此循环不忙不慌

这种选择是我的经验
从多少万亿年前开启
黑的光芒亮的射线总把我提醒
从地球成为太阳的行星开始
从地球成为一粒在轨游动的灰尘开始

我常对自己进行科普

太阳是地球的主恒星

地球自转形成黑暗光明

而我们在地球这颗灰尘上

躺下七十亿颗心

如此操心费力说到梦想唾沫横飞

亲证责任蠢蠢欲动导致了多少伤口病痛

我躺在灰尘之上

觉察

时间与光明的规律神一样的奥秘

巨大的漩涡与虚幻

发现宇宙中亮是一种暗物质

时间也是

现在它潜入我的视野

回归本来的形态

多么幸运

这与眼睛无关

我一直在睁眼睡觉

只与心有关

因为我总失眠

2021 年 7 月 1 日

一些雨下在我头上

此时我正穿过风声雨声
穿过蓝色预警
挺进风暴雷电的中心

去看一场热闹
我佩服自己
是我起草了昨晚的预报
雨从远方走来

好多人都没做准备
比如和我打赌的酒友
他向往风和日丽习惯阳光明媚
今晚是六月的绝响
延时七月的记忆
风大雨急
心腔的闸门一再被冲洗

在决堤的家门口老屋场
我收起有备而来的伞

主动暴露自己
落汤鸡一样彻底

雨好大我高举起伞把
风向标把这一天铭记

雨下在我头上
进入我的血液
促进新陈代谢
循环焕发活力
再过一些天
我的女儿即将诞生
儿女双全
年迈的父亲
定会更加轻松

这是事实
雨还在下
一滴
两滴
三滴
无数滴
下了一整天

2021 年 7 月 1 日

在宇宙的印象里

江河万古流
汇合前人所有的眼泪
以求索名义逆水行舟
遇上逝去的灵魂不计其数

叶生叶落吐故纳新
神奇的力量随信仰衍生

我在地球仪的底座上观察
多少次从萌发到归来
重逢时往事已逾越千万年亿万里

在濒临宇宙的深渊边
在地球的额际线上
率先坠入太阳的光明
与无数灰尘中的地球对视
我滴下两颗眼泪
一颗感恩苍天
一颗汇流大地

时间伸向天外形成巨大漩涡
一个地球起承转合
无尽人生悲悯交替

宇宙印象
是在旋转灰尘中行走的风
它把我停滞多年的心瞬间驱动

2022 年 7 月 6 日

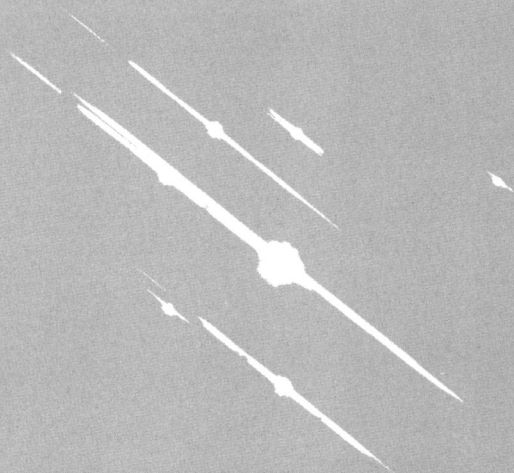

第八辑

时 命

孤独的灵魂在游荡

历书上的春节

白茫茫的大雪

围绕着中国的农历

我掀开活字排列的时间

从红纸的一个边角上探望

将祝福的信息一一发送

看见如此多过去

那么多未来

发现很多侥幸欣喜

在老皇历的背面生息

明白昨天从未泯灭

明天天天到来

今天永不缺席

昨夜在梦中滑过雪片

在飘扬的一条跑道上

今晨临近三百六十片雪花遮盖的现实深渊

瘦弱的历书万劫不复

大量的起点蹦跳不停

一挂鞭炮的引线露出端倪

北方的小年和南方相差有一天
我不知道这有什么道理
在同一个中国农历的天空下
我只感觉度日如年
南方的我和北方的爱人小孩
不仅仅是疫情的鸿沟
让思念隔离
春节的两个脚步
存在更大更多的距离

总有一天
前后抵达的时间
揭开迟来的真相
我和你
终将同步在一个从内心出发的春天

2022 年 1 月 25 日

立春日

雾锁立春日的江心
有些真相并不鲜明
雪花棉花般飘下
一床被子笼住隆冬

我俯视着一条河流
在更高处看得清楚
春水波澜不惊
温暖停止流动
两岸的渔火在闪烁
告诉我地球在运转
时间一定在行走
春江水暖正呼之欲出
心开始汪洋恣肆

来自人间的信息
在风中传递
我竖起耳朵
从一根草的底部感到春天

2023 年 2 月 4 日

春天的摇滚

一阵风撕破翅膀

痛堵在喉咙口

透彻肺腑的回响

哗啦啦风箱彻夜不停

后遗症堆砌的遗址上

不止有一种呈现的方式

而只有它最逼真

看到太阳月亮在我眼角坠落又升起

在邻人家破败的屋顶砸开两个洞洞

今夜我踏着昨天的故事

记忆像一床厚重的棉被

掩盖了泪与呼吸

无非是释放无非是呐喊

绝对是一场摇滚

在地动山崩的前奏

一声疼痛铺满天空

沉默的病毒从各方面涌入

四面打击也从未让我怀疑人生

重金属超标每一个节拍都很激烈

我听到弦外之音

号啕大哭刻骨铭心

洗礼风口下的真相

一无所有无法形容

太阳照常升起

明晃晃的喧嚣印象

像春节的焰火

一声惊雷后

提前抵达的落英

照亮多少本来的面目

和仰天期待而错愕的芸芸众生

无论悲喜的表情

2023 年 2 月 2 日

春分

那些渐进的波浪
和渐变的垂柳
在视线内翻滚
水与往年没有什么不同
无法区别的鸭子游进来游出去
划出的波痕与我的视线并行

水冷水暖进入我体内
在瞬息全世界有诸多切面
春天一分为二
一半在眼中一半在梦里
一半在昨夜一半在今晨

一只裸睡的手
一张梦游的脸
在同一块冰同一滴水中浸润

同一朵花心
一半在结蕾一半在缤纷
同一个草根

上面在枯萎下面在萌动

春分是一面镜子
镜子里的人掉入水中
镜子外的人开始了下半生

2023 年 3 月 21 日

我赶在谷雨到来前歌唱春天

撑起又一回绿色深沉
踏步浮萍
从远方回来
与儿时的春天重逢
山乡的炊烟与云
孕育了丰富的诗情
一首春雨一首春风
将心跳拿捏得如此婉转逼真

杨柳牵引的雨丝，下在心灵手巧的大地
桃花勾勒的春风起伏，深刻而浅显
向往春笋渴望云彩
多少年前埋下的梦想
勤劳与勇敢
躲在根茎萦绕中节节向前
风霜雾雪构建一地的鸡血记忆
是拥有经历财富的人
就不止为烂漫而冲动
明白五谷丰登六畜兴旺的道理
到了这般田地，为手心上的饭碗，为生活把脚伸进泥土里

风呼唤被光线提醒的枝头

摇曳山涧里一声声娇翠欲滴

雨回眸九十个春天的瀑布

诸多布谷燕子麻雀的身影在出入翩跹

与苍穹中掩瓜点豆水到渠成形成一景

在一个春季的尾声

发现更大更多的春天，我如此善解天意

是什么打湿我一生

把深渊的万物牵引：

风，自上而下延展，把根散向或远或近的地方。

雨，在天空拉伸，千万条，向上出发的路线，亦浅亦深。

2022 年 4 月 19 日

遗落在谷雨季节的一粒种子

新冠后时代
记忆把我弄丢了
我无法回到从前
滚向几千年以来的大地
祖辈的伤口在扩大
一些盐撒在土壤的中心

开始在风雨中看雨听风
庆幸自己习惯忘记
忘了比新冠更加严重
忘了比抑郁更加不堪
与忘记相比离我最近的记忆是
叶在长花在开摇曳生姿
布谷鸟在催种

忘了世界在雨一样纷纷退去
忘了天空露出的一张阴沉脸
忘了呐喊雷一样在云顶回荡
忘了泪一样流淌的呻吟
从我的左眼滑向右眼

叹息响彻苍穹

正在目见的当下是
一些根扎下去
一些叶长出来
灼灼天天
就如一连串脚印深深浅浅布满时间的触须
每一刻没有蓝本的直播
独立创作完成
现时的秩序
是光线里的一小块天穹
每一团黑暗都是时间的投影

在谷雨季我寻找自己的身心
芽在启动根已失踪
一些比狂风大雨还要猛烈的天气
下在破土的路上

忘记消失的芳菲
忘记延续在轮回春色的往后余生

在更久远更高端的事实中回眸
见惯的风雷滚动
成为我最浅薄的记忆
在铭记中死过一万次

在忘记中第一回活下来

于是在忘记中记住了忘记
正因为在铭记中心已死亡

2023 年 4 月 20 日

端午节那一天

一

端午节那一天
黄水滔天
上下游的水迂回合围
几乎漫过我的枕头

一滴水游过来
一滴水游过去
像离弦的箭头
今年的端午节就过去了

我一一细数生命中的过往
发觉水面的真相
被风流吹走
发觉被划开的水
像伤口一样愈合
迅速恢复平静

二

夜
暴雨如注
雨声如此连绵纯粹

巴掌大的雨声
提醒我屋门口惊涛拍岸
在一声呜啼中
想象泛滥奔腾
如何把一地鸡毛淋透

我不知道这寓意着什么
我相信一定寓意着什么
细数余生的潮头
细数有生的源头
在我的床头成为灾害

雨声还原了过去
记录了当下
多少青春渐次溯源

我试图不想未来
而未来正在滴落

三

天空已经涨潮
漫过家园的岸墙
期待激烈的龙舟
又一次掀起波峰
拍打我的船舷

在水位到达的高度
泪水雨水合流
一首诗歌承载恸哭
事实是你不知道事实
事实是我知道事实已被水冲走

今年的端午节
各地忙于防汛
没有安排龙舟竞渡
连愤怒成诗人的屈原
在属于他自己的节日里
也沉默无言
更多的人闭口不说话
习惯成自然

五月的水是最残忍的
当龙舟成为废弃的摆设

我涉过水面

溅起的泥浆笼盖四野

没有人独善其身

2022 年 6 月 6 日

五月的鲜花

将又一个春天送上路
发现花仍在相继开放

自然界有无数种可能与错觉
就像我酒醉后自认为清醒

我与既往相逢
迎面是天空翅膀上滑落的滂沱

告别侥幸中四序更替
守望无奈里就地静默

那一片连天芳草地
令人陶醉又心痛
花开，掩饰了下水道
花再开，涂抹了伤口
雨和泪水汇流，四散无踪

在花色中迷失
我需要安静

当下空旷的心灵
告别往事前程

耳朵里一朵
眼睛里一朵
听闻和看到的花期都已过去

五月的鲜花
有两种可能
一朵在光里遗落
一朵在梦外徘徊

2022 年 5 月 7 日

芒种，我从一条绳子上过河

把嘴闭上
世上不再喧嚣
把耳捂上
只让心知肚明
把沙石抱上
迅速地进入河底
天上的风雨，地上的浪涛
不再震耳欲聋

我睁大眼，目见屈原的道路
两千三百零一年前后，我的隔壁邻舍
他经过一条河，进去
引发时间缝隙里的闪电惊雷
让人们无意间发现了
发现了一个个跳下的身影
在黑夜捅破窗户纸
朝天穹砸开一个个窟窿
照亮不少瞬间的事实
这纯属偶然突然，我都来不及连成串
真相便水一般愈合

些许涟漪，很快恢复平静

这是我熟悉的身影
淹没了多少年

谁也不可能蹚过同一条河流
许多人只是跌入了同一个河床
不同的漩涡，相同的水
洗不尽忧伤迷茫
水持续行进
一切发生过的都过去了
水路过人世什么都没有发生
极少数人记忆中的悲伤与噩耗
将清浊与醒醉混合
流淌的血，分不清泪和水的比重

因生而死，在梦中窒息
烂醉的雄黄，焚化的艾草
这对应着身心沉入波底，灵魂逐浪动荡

污浊的纯净的
什么样的勇气吸引他纵身一跃
至今我惶惶不安，张开仅能呼吸的嘴
芒种时节，收获与耕耘同步发生
尖锐刺痛了我，千刀万剐

种下龙种收获跳蚤，往复循环
只见千帆渡尽
遥望或回首，满目山峦重叠

惊叹哀号总在进行时
我的兄弟，传染我无奈与疼痛
他不是另一个节日的成因
我为了思念他而怀抱端阳
他和同行者鱼一样的身影
一年一度
从我的伤口中出发返程

这是所有河的缩影
无论顺流逆流
回头看见岸
可谁还能上岸而行？

五月是一条路，一条绳子弯弯绕绕
连接上下游的血脉
古今多少兄弟已过河
只有我还踩在芒尖上摇摇晃晃
这根绳子，捆住了粽子
绑上我的脚，牵着我的手

2023 年 6 月 6 日

夏至

夏至
我所处地球的部分
阳光今天充沛
白天今天最长
这是黑夜绝地反击的开始
明天，黑夜就越来越长了

白天被包裹在夜里
打开今天黑夜的襁褓
我在光线的透视中醒来
像一个裸体的婴儿

透过黑夜里局部的光
小麦如期成熟
热浪晃眼如芒刺
手握镰刀的手
酿成了内心里的伤

在最长的白天也看不到
伤口在扩大

无非是碗口大的疤

夏至过后

这枚人生的勋章

必定在夜幕中高悬

2022 年 6 月 21 日

小暑，飘浮在稻谷上的稗子

起初禾苗与稗特别相像，难以区分。小暑后，当稗原形毕露，一季水稻为时已晚。

——题记

故乡全景中一个刺眼部分
使我想起往事
让我联系今天
逼我思考未来

隐藏得很深
在青黄不接时乘人之危
小暑后，稗子长得比天高
起伏了，淹没我矮矮的身心

透过白天的黑夜
穿越现实的梦境
稻谷之上的稗子
一部野史强暴了真相
长久占据历史的天空

后来人第一眼看见的只是稗子

夹在稻谷中的邪恶在乱窜

最终主导了秩序

胜利者书写的荒唐日益被接受

在杂乱的稻草间

种田人逐渐忘记了记忆

收成是万一的偶然

稗子是一万的必然

我和父老乡亲

在必然与偶然间果腹充饥

芸芸众生卑微无奈

当稗子太阳一般升过天际线

水田上一片汪洋

多少农夫的眼泪扑簌迷茫

高温不退湿热难忍

辘辘饥肠无路可逃

因为一粒稗子

我记住了整个夏天

2023 年 7 月 7 日

大暑那天的眼睛

一只睡着了
一只正醒来

一只在黑夜中跋涉
一只在阳光下转向

在最靠近真理的一侧熬煎
在最接近真相的一侧崩溃

往前看，酷热的能量铺天盖地
大暑的湿气泰山压顶
睁开的眼，被坚硬的事实刺痛
闭上的眼，因独立思考而伤神

回过头去
一年一年分分秒秒
天际线上两个窟窿
露出同样两只眼
一只昏昏沉沉
一只孤独失眠

2023 年 7 月 23 日

立秋后的第一场雨

一场雨
下在我刚浇过的地里
在立秋后的第二天
白费了我不少工夫

还打了雷
一夜雨声影响了我不少睡眠

叹息
又一个秋天来了
而夏天并没有过去

这分明是两个季节的两场雨
一场下在秋天的地上
一场下在夏天的心上

2021 年 8 月 9 日

秋分

秋天的故土上
一些流星向远方奔跑
一些皓月就近驻扎
有些人靠在稗草和谷壳子后面
面若苍穹
有些人不声不响
躲在水、空气和土壤中央
若即若离

枯荣与进退中
天空一分为二
一半努力活着一半行将死亡
光明与暗物质
穿插往复终究无声无痕

我把手放在右眼前
打望
金黄色的一大片照耀视野
灯下黑
只有我看见两个半圆下倒伏的情节

546

躺在无数脚印下的稻草根
度过了众多泥水浸泡的时辰

我的一个亲人
飞向两个半圆的上空
她身后的稻田
粒粒颗颗接连发芽霉变

秋分到了霜降来了
月升上去星星坠落
秸秆　稻草人
火烧连营红透半边天

天黑的一边
已知的人生在升空前降落
天亮的一边
未知的人生贴近地面扑腾

2021 年 9 月 26 日

秋叶的底片

是谁切入了风中的秋色
是谁在年岁的拐角得失取舍

做一棵沉默的树
在泥土深处生根
为赶一段准点的过程
积极参与万物枯荣

响应时间的命令
无声的号角吹奏
一季的草叶掉下来
广角镜上砸出好多个坑

深沉的心灵久经浸染
窗户上身影在起落
脚步拂拭日月灰尘
归期擦亮故乡持续的约定

总是将适时而来的又一次出发驱动
汇合人间的万千色彩

在枝头发力启程

向下落，雨贴近心跳
向上飞，风收拢炎凉
硕大无比的叶面浓淡舒展
从三伏天眺望秋水
伊人翩跹时光婉转

母亲接回的老客昨夜陆续到达
他们含着叶子在阴阳的界面穿行
咀嚼了轮回的黑暗与光明

2022 年 8 月 8 日

秋天的翅膀

时间在逐渐枯萎
眼底岁月层林尽染

秋叶挂满天空
在前世积累痛苦
在今生释放温情
乘着歌唱与哭泣的翅膀抵达
拨亮微弱的灯盏

高枝在风雨中穿透
捅破了窟窿
像草叶一样降落的
除了人生还有前景
所有的光景倾泻而出
曼妙被黑暗笼罩后澎湃
光芒在日出前抵达

那些被光线首先照耀的旅途
在昨夜如隔三秋

2022 年 8 月 10 日

霜降

水汽从地上来，遇到寒冷空气凝结成霜。

——题记

一天空的现实倾泻而来
一大片的冷暖从下至上
对流碰触在眼门口
故事涵盖了草木年华
深入骨髓的诗情
在奔跑与呐喊后
从远方回到目的地

平静如霜花
停止流淌
忘却一切规划与创意
不在一场秋风中纠结
不在一场秋雨中徘徊
是时候了，笑脸在红叶上重叠
根茎上脉络分明

多少回遭遇

凝结成一个时代天空

多少片天空

隐藏了无数冷暖的人生

2022 年 10 月 23 日

立冬那一天

那一整天都很平淡
如果不是傍晚这场雪飘落下来

我向前走风雪扑面
行进的场景与背景
白描的手法速写的过程
一一呈现

脚步轻盈
在雪花中注入力气
像兑现承诺一样十分坚定
白色的大道牵引
不会有错但不敢飞跑
毕竟是在漆黑的夜里必须小心

我回忆往昔
让呼吸与雪花飘落发生关联
新生的花蕊在眼皮底下闪烁
道路与天地交会
接受擦洗更加清晰

这是头顶上的温存
使血脉保持着恒温
我双手捧起苍天的礼物醍醐灌顶

六边形的花园今夜光芒万丈
时间的种子即时开始绽放
无数朵面朝天穹
今夜花蕾无限纯洁并不苍白
注定扎根泥土结出果实
知道苍天用意的收藏家
上半夜就开始欣喜

花在持续开放
风雪夜归人
看见堆积如山的金银

2021 年 11 月 7 日

十二月的第一天

相对于那些僵硬的叶片

那些凝固的花朵

那些停顿的成长

那些失忆的芳华

与视野并进的，是同一个天气

昨天的寒潮在今天降落

一片枯树叶凋零

一个丑小鸭翩跹

这里是冬季

狂魔始于黑夜

叶子和花被邪恶势力

卷入风中起舞

身上的棉衣在张望

内心的寒意在发抖

今天的雨与雪

一定是为你下的

我落地成河的眼泪

一定是为你下的

流在明年春上的水
证明冬天的意义

苍茫满途
风烟的翅膀上
自然的气节在延展
聆听万物的私语
阳光在被窗台隔离的一秒处徘徊
风声在长夜的诉说中彷徨
事实上的冬天早已降临
冰雪覆盖了一年又四季
覆盖了一双双试图睁开的眼
一双双努力挥动的手势与脚步
在三百六十五天之内，十二月的第一天
太阳历中的水汽成冰
木窗花中的剪影定格
显示了冬天所有的特征

这是我参与了的预报验证了的天气
告诉你冬天的秘密
揭开阳光下的晶莹
露出黑暗中的鳞伤

2022 年 12 月 1 日

小雪那一天

小雪那一天
我推开灰色的黎明
菊花摇曳
像上天的使者
将冰冷的通知丢过头顶

小雪那一天
我坐在黑夜的风里
星光黯淡
没有人注意到我的悲悯与哀伤
我的往事悄悄消亡

小雪那一天
我踩着落叶向前行
以为胸口上下了雪
以为踩到了雪花颤抖的神经

事实是小雪那一天
菊花开了
叶子掉了

冬天来了
唯独没有雪

小雪那一天
雪不是唯一特征
雪下在菊花中
下在狂风后
下在堕落的夜里
下在天空的上空

2022 年 11 月 22 日

小雪过了，大雪快来了

一场雪注定要来
将你我裹挟

你喜欢在雪中把雪堆成人
我总是在雪里叹息人生

洋洋洒洒
你在快乐的表层陶醉

盐撒在伤口深处
我逐渐在疼痛中恢复知觉

因为经历过寒冷的实际
忍不住想为你生一炉火

雪落无声
连嗡嗡的苍蝇也不见了
寂寞被困在一片雪花瓣上

雪在地上开放

其他的花同时凋零

正常的冬天来了
雪从空中陆续出发
正在冷暖与阴阳间抵达

小雪大雪又一年
覆盖了白天和黑夜
隐藏了孤独与宁静

2022 年 11 月 26 日

让我为冬至歌唱

这是一个尽头
背阳而生的黑暗
终将失去栖息之地

冬至，黄经二百七十度
在南方太阳直射一路畅通
在北方，病毒阻挡了前进的方向
那些细小的颗粒
是黑夜累积的灰尘
落到每一个毛细血管上
无数的寒蝉在喊疼

太阳在增加
它在我的祈福中降临
还原我撕碎的所有日历
弥漫的晨光
在我的皱纹间弹跳
增长了一线又一线

阴阳转换强弱对照

最坚定的信心

距额头上的花开还很遥远

我所在的北方，春天还在起点

一夜醒来，脚步丈量今天

辨识时间洒下的刻度

让温暖成为离我最近的笑脸

冬至，我面对阳光写诗

当誓言的钟摆再次启程

光阴的余烬落满记忆

2022 年 12 月 22 日

冬至以后

我不能永远宽容所有的利欲熏心
我不能永远原谅所有的麻木不仁
我不能永远扛着所有的万钧千斤

我不能放弃责任、爱惜与怜悯
我不是斤斤计较的那种人
别把我的躺平当作羸弱无能
我只是运筹帷幄特立独行

冬至以后
不再盼望苍天大地在童话里过年
不再期待沉默的大多数手持老皇历送来春天

我翻动被情景剧本尘封的诗篇
发现那里有隐藏的知音

他们像火把灼烧了我
他们比高音喇叭更接近我的耳鼓
比太阳光芒更接近我的头顶

使我看到东边的窗台

冬至以后的梅枝

完成了开放前的一切准备

她含着热泪奔跑

千万行蕊蕊迎风而动洒满心腔

与我一起向阳相向而行

冬至以后

陆续闻到花香

2021 年 12 月 22 日

观沙岭上的小雪

等待一场雪
而她没有来

雪没有来
我在江边的观沙岭一样感觉到寒冷
我反复抚摸了自己的体温

低头向前走
想起回不去的过去
想起未来还要走的路
想起迎面遇上一朵雪花该多好
留下一些脚印在雪的花瓣上该多好

雪花没有降落
很像我存放在道路上的零星碎片
没有机会聚拢

我从远方回来
接受现实花没有开
我没有习惯地悲观

看到枯燥的枝条上

只剩下阳光的筋骨

光棍一样赤裸地挺进

只剩下狂风的脂粉

涂抹一些似曾相识的深沉

寒潮正在岭上

舞动的梦想

凝结的花容

不为结果

无关风景

我确信小雪那天

另一片雪花已降落人间

节气不是说今天非要有一场小雪

只是说趋势是越来越冷经常下雪

在岭上观望的人摇摆不定

内心纠结如何抉择

在侥幸中期待

心想也许是大雪那天会下雪

其实

一年又一年大雪小雪

花事在你眼前

花期你心里明白

你在找寻诗情

我在抵挡寒冷
你在描摹风景
我在擘画人生

冬天尚有距离
春天更加遥远

2021 年 11 月 22 日

下雪天的全记录

雪的翅膀掠过

洒下一串串足音

雪是天空的倒影

嵌入大地的心跳

雪沉重地砸下来

没有商量和预告

降落在我一直寻找的方向

我努力呼吸

在温润中思考

雪铺天盖地

席卷道路上的枯枝残叶

一场风吹雪骤然腾起

一些芸芸众生纷纷凋零

我决定放弃游荡

沿着雪花飘落故乡

潜入白茫茫一片

大气候颠覆了的暗淡时光

2022 年 1 月 24 日

在飞翔的门楣下

大雪封山
如何出发
路就从心开始
这是一条飞翔的通道
纷纷扬扬的故乡
为你顺畅起航

高大的门楣下
风集结千堆新年愿景
飞翔的雪花敲开清晨
扑面而来的鸡欢狗跳
鸟在歌唱人勤春早
母亲让我去扯根大蒜
在通往菜园子路上顺眼望去
白茫茫的问卷上
呈现探寻者的思考
目见一些脚印里小心翼翼的深浅

多么值得期待
雪花如此完美开工

展开翅膀绽放

点亮风中的灯芯

照亮我两只眼睛深处

蜿蜒盘旋的下一程

又一个年份在出发

雪花铺成的道路

如此温润

红色的爆竹纸在雪花瓣中偶露峥嵘

当喜鹊驾驶雪花从门楣上空一掠而过

我深知自己的视线已经无法停顿

2022 年 2 月 7 日

一朵雪花的旅程

我已经出发
在顶风冒雪的路上突击
回望故乡
故乡一片苍茫迷茫

与前方的季节隔着一场雪的距离
隔着一段似曾相识的冷暖记忆
隔着一年竭尽全力
明年围炉夜坐
再说晶莹往事

正是一朵雪花
一朵雪花开放的旅程
雪花一定会回来
炉火旁闪烁着一张红扑扑的脸

2022 年 2 月 9 日

等待一个花开的早上

在时间之外
我开始注意如此纯粹的美
它不曾开谢
不为果实而存在
赏花的人充满期待
——路过窗台

在时间之中
我如此感恩
心灵的知己
一起经历山高水长
潮起潮落
把芬芳的意愿收集
孕育了这盆渺小而隆重的风景

在时间之后
回望翻山越岭
容颜与灵魂相似
面目与心灵同程
这多好的比喻与形容

在窗台上的世界沉淀

花一样的生活与未来

老相框一样安静而平衡

寒夜正长

明天值得等候

花开在窗台上

我与阳光一起怒放

2022 年 12 月 6 日

在大雪约定相逢

只是一片叶子坠落的光景
我们挥手又相逢
司空见惯的间隙
嘘寒问暖见缝插针

大雪
我在祝福温暖
我在解封人生
我为丰收祈祷
我为道路解冻

堆雪人建造童话王国
设下地标防止一脚踏空

大雪
下还是不下
历书上的规划
抵不过现实的安排
下在心里或眼里

在冬天

为你的归来约个时辰

2022 年 12 月 7 日

下在梦乡的雪

雨雪满途依然有光
风烟看涨一片沧桑

放下一本熟读的历书
深浅长短被一马平川扫荡
喧嚣收于平静
不再与过去作对
在坚硬的心上插白旗
战斗于今晚尽早结束
雪夜，把梦交给迟到的明天

梦比今夜的睡眠长
比今生的黑夜久
压住白发的雪
汇合我全部的忧伤
在仅有的泪水中
激起跌宕的波纹

没有谁赢得过历史
时间逐一飘落

一场雪日渐消瘦

止于一个段落的句号

圈住最后的迷茫

逝去的外表

被一一撕开妆容

我断章取义

截图这些碎片

对应每一朵雪把梦圆

被一身冷汗打湿，雪

已知的进入我的身体

未知的正从梦外飘来

在凌晨零点准时到达

又一场雪腾空而起

抓住雪的手攀登

一阵风吹开满地皱褶

梦里梦外

听见你在喊疼

2022 年 12 月 28 日

第九辑

今 生
正在被孤独照亮的历史车轮

新年的火焰

在新年先后到来的中国
农历翻动的都叫腊月
阳历的春天
必须适应漫长寒冷的浸泡
一个春天
与另一个春天
还有缓慢的距离

这就像我迈动的脚步
一前一后
顺着藤蔓摸索
除去过往的风霜和残枝败叶
在瓜架的上方条分缕析
观察一些不尽如人意的结果

时光的脉络密如蛛网
一年来透过星星月亮太阳
细数一些灰尘
穿越在斗大的天空

发光或绽放

幻灭的烟火映照风雨微痕

我三百六十五次仰望春天

回味曾经惊叹的奇迹

发现隐藏于时间的星光

消遁于知觉的阳光

期待的火焰如一朵朵花开谢

收放在规律与奥秘的天空

未来还没来

大于已知的未知正蠢蠢欲动

农历阳历交织

阴阳累积在脚印中

一声呼吸腾空而起

一记春雷惊醒梦魇

春天的火焰从我的脚掌出发

无论你是否留神

它都在又一个新年里绽放

一些跟梅花同开

一些跟雪花共谢

开在黑夜里五彩缤纷

谢在阳光下掷地有声

春天的火焰

在脚印中

灯火通明

2022 年 1 月 7 日

龙抬头

我静静地端详早上七点钟的太阳

如何爬过云霄

——辨别

多么像苍天中的一道疤痕

我在手指头上将它登陆

让自己保持清醒的记忆

人生，不过是二月二

龙抬头时光下仰望的一些风景

陪我追随时隐时现的里程

在迷茫的天下与迟到的光线如法炮制

一切循序渐进

确定无法想象

无比平静的内心和眼睛

只见河的流动

山的挺拔

人生在行进

地球在运转

太阳下的万物在转场

在微薄与渺茫中

将又一次草木枯荣的年景
和春天一同行动

2023 年 2 月 21 日

飘在农历中国的一片叶子

我在一株向日葵下
一朵凌霄花下
向着梧桐树映衬的老屋顶
挺身临近故乡

立秋了
一点都没有思想准备
就如一日三餐家长里短耕种繁衍那么自然
没有欣喜也不紧张
只是想多少个秋天就这样来了去了

难免不小心
咀嚼这些生命中的四时八节
我都怎么度过
翻晒的收成摊在禾场上
一地的风吹过
卷起麻雀起起落落
他们的世界多么快活
实在让人羡慕

往事与时光相逢成群结队
神仙站在山的顶上
随缘而至的道场
飞舞的叶子
在轮回中容颜变幻奥妙无穷
像我虔诚的脸
把期待与祝福时时供养

记住这一天的下午
两点五十三分
天空没有下雨
我伸出头来仰望山林
长着夏天模样的叶子
一张一合窜过来直逼心灵

民谣支撑的苍穹
天凉好个秋
叶子遮挡的后面
我感觉一定澄明而高远
可能模糊而不确定
今后更难想象
我知道灾难频繁寓意着什么

多么率性的灵魂如此逼真
为什么向往

为什么恐慌

忍不住愤怒

忍不住又忍了

该来的总会来

我在沉默中祈祷希望

六月二十九

秋老虎日头直射

农历中国的叶子炙手可热

对应了满天的霞光

向上仰望

叶子并没有落下来

她仍在枝头翻动

让我无休止地辨识风向

在摆动的斑驳光线里

渐渐呆若木鸡

我如此虚无

在梧桐树荫中无声叹息

我如此沧桑

像一只倦飞而还的凤凰

头顶落下来的只有风

我看见

许多人

举着叶子逆行

他们扑向风口

试图起飞

2021 年 8 月 7 日

农历十月初八：炊烟中的引线

农历十月初八
我在风中翘首以盼
祝福的花园正在成熟
依凭爱的能量
准备浇开心迹

就似风吹来
腾升的蒲公英
与鸟群比肩
飞向远方又绕过山梁回旋

这些自然界的风筝
在夕照下轮廓分明
灿若星汉
镀金抚摸波浪的手
涂抹气贯长虹的脸
淡定不惊

注意蒲公英的伞把
还有牵牛花喇叭筒鸡冠花向日葵

注意拉扯这些天然风筝的线

线头上依然是这双手

多少回淬火铸造神奇

多少回取栗浴火重生

勤劳的手与线相连

牵扯往事如烟古今风云

多少段人生过去

记忆换得宁静悠长

农历十月初八

我站在巨人的肩上涅槃

凤凰的节日

与我相伴相生

庆祝仪式从白天到傍晚举行

绽放

世外桃源的花开了

只为追求完美表达

芬芳的天性袒露

不为讨任何人欢心

绽放

微尘决定大世界

兰花年年兴旺

时来运转的祝福

明天视野愈发宽广

绽放
诵读故乡的年轮
重温母亲的心愿
回首在飞翔与抵达之间

这里是浏阳
农历十月初八
炊烟里闪烁的光
向后退向上看
我边数边惊叹：烟花烟花烟花

紧盯着点燃引线的手
全神贯注眼睛一眨不眨
只是不再像小时候一样捂住耳朵
除了欣喜
我不再害怕

2021 年 11 月 11 日

秋天的答卷

独立寒秋的江上

月落乌啼

我的目光不断伸缩

照射远近的苍茫大地

模糊的水与河床

静止的船与帆影

——被我识破

它们不过是随波逐流

让我错愕又在意料之中

波浪起起伏伏

在这个江段不过小小余波

小流量中浅浅渡过

耗尽多少世人的光阴

他们无所谓

坚持中竭尽全力

乐观中忘了伤痕

这些打了鸡血的生命

对我的叹息毫不在意

喧嚣的丛林尽染烟尘

季节不舍昼夜

我在碧透光鲜的上方

看一片片枫叶翻飞

潜入江心寻找远方

汲取对百舸争流的严重警惕

谁主沉浮

时间昭然若揭

它成为中流砥柱

横跨南北

你我大都只是来过经过

偶然间轮回反复

答卷摊开

读它万遍

我一直不缺时间

2021 年 10 月 11 日

圣诞之夜

圣诞老人当天没有现身
救世主远在西天边
只有平安的祝福与憧憬在撞击
作为生命而普遍存在的暗示与侥幸
与残酷疼痛相依为命相向而行

从一个冬天走到另一个冬天
从一个脚印复制到另一个脚印
从一个梦延伸到另一个梦
从一个黑夜拐到另一个黑夜

新年的钟摆滑过来了
拖着空气中凝结的水珠
霜冻，降温，寒潮来袭
一个年代的尾音在回荡
预报了前进的唯一可能

2022 年 12 月 25 日

新年 故乡 雪

枝丫上的雪
与炊烟
是谁将谁萦绕

屋檐下的雪
与脚印
是谁伴谁出发

村庄里的雪
与目光
是谁对谁眷恋

为未来重启的新年
一刻不停
为过去回味的故乡
一直都在
只剩下曾经轰轰烈烈的雪
很少再引人注意的雪
绽放过的雪
吹落了的雪

与我一同凝视

故乡的天明

那是谁和谁

在相守相依

2022 年 2 月 8 日

途经雪花上方的故乡

异乡的云在我的故乡稍作停留
此刻与雪比肩
雪也是从云间降落的
我沿着雪花的翅膀从云顶往下看
她们在纯粹安静的家园
相拥而眠
同一道肤色不分彼此
我知道白色里隐藏了什么
是谁覆盖了谁

我的目光继续往前走
雪片和云彩之间
过去的多行分叉足迹
交叠铺满脉络一样的山山水水
白色的地形图
涌动着生命的走向

沿着季节走
领会故乡的厚度
进入视网膜在心灵登陆

发现多个过去的自己
在陪伴往前走的自己

其中有一位自己
腾云而来踏雪而去
在海拔万米天空领航

白茫茫一片里
什么都看不见
我已经离开故乡
一时间不知身在何方

2021 年 12 月 28 日

大雪来到头顶

该来的正在来
今天大雪迟到了一些
我只顾写诗
把大雪写到诗里
把诗扔进大雪中

白茫茫的奇迹、纯洁与丰收
更多水分填充的梦
包围圈顶风而行
遇见何止一场大雪

这回可能性大
一场更大的雪铺满天地
席子一样卷起千堆万堆
包括你知道的真相期望的未知
与无知无畏都无影无踪

被窝中发现的奇迹
梦境里渴望的单纯
与大雪一并到来

虚实结合的不只是丰收

总有天上掉的馅饼

穿枝掠院经过我的眼睛

铁一样冰冷砸在后脑勺上

大雪无痕真实的神经证明疼痛

雪夜我已顾不得冷

手提灯笼原路返回

寻找早先的自己

手把手中午前交接

大雪多么天真烂漫

那是我辽阔无垠的童年

多么美好纯洁

那是我纷至沓来的人生

大雪合情合理下下来

只有我荒诞不经迎上去

2022 年 12 月 7 日

一朵雪花在我的眼眶上流离

雪花走了四季距离
风尘仆仆穿越火线
赶在年底焰火升起前
来到我的花园

它也自带着光焰
与我的期待相同
前方的路在飞舞
来自哪里去向何方
怎么寻找淡定与安宁

天空暗下来
雪发散不多的回光
我失去了记忆
失去味觉与嗅觉
被一片雪花砸中脑袋
视力也不见了

混合我所有的判断
依稀发觉山河之间

一框明暗的国画垂柳依依

黑白主宰了人间

黑是夜的肌肤

雪是夜的眼睛

2022 年 12 月 29 日

千年万里后重逢

——在苏轼先生墓前的献诗

> 活着时的无数种起伏，活过后用一堆黄土的弧度浓缩。
>
> ——题记

松林间走来幽独
梦境中低回空灵
光线照见的气质
拓本在石碑上，轮廓日渐深刻
大江东去的余波
一场大雾绕道跟随
荡涤了无边秋凉

世事暂别在石阶边
笔墨停止了畅想
翅膀扎入泥土
故垒萧萧下
多情一笑生

凝固的起伏已定格
草与藤蔓却在狂长
土堆上你一锤一锤

把我的膝盖钉入其中

一切已被封存
无需探个究竟
什么样的不期而遇
有缘让我在这里仰望
隔着千年与万里
诉说悲愤与惶恐

在同一粒尘上
同一段浪上我看到起伏
乱石与惊涛的基因没有异同
飞鸿踏过一万遍的这个大地天空
出发，奔向千古风流
归去，抖落一身雪泥

把了无牵挂衔出时间之外
十八抔黄土筑巢在异乡
今天一只花喜鹊喳喳喳
有趣的灵魂未曾离去从不孤独
生死荣辱是非恩怨离愁别恨
翅膀掠过诗书，此外并无遗痕

没有悲壮没有险滩
在无垠的旷野上
你已安然徐行

在佛光缭绕的世界
天真无邪地吟啸

黯淡了现时日光
无尽的灵魂在飞扬
归于宠辱皆忘
沉默的大多数
特别是大醉后醒来的人
日渐看到普遍的真相

风在那里雨在那里一贯萧瑟
圆在那里缺在那里内心成全
伴过眼云烟起伏沉浮
山在这里水在这里
我便来寻你
百般苦难万般宽慰
你更高更闪亮地照耀
逆旅中的知音与行人

你从土堆中打开门
牵着我的伤口与结疤
指前方嘱我穿过黑夜归去
淡月微云
万壑披银

2023 年 5 月 17 日

历史是一面镜子

在无数段人生征程上穿越
像蚂蚁上树
爬过城垣废都爬过楼台亭榭
爬过广袤草地在一小抔黄土前迂回

虽然只是零星飞扬的一小片
甚至是揣测的传奇
我爬过去试图窥探虚实
扬尘堆积覆盖了记忆

爬过几千本老皇历挺进平常的清晨
爬过恩怨情仇道德良知
驻守一日三餐七情六欲
记得不记得
看见看不见
一些凡人的命运摩肩接踵骨骼渐行渐远

世纪一场大雾
人生几缕斜阳
出生与入死回光交替

日落与日升折射轰轰烈烈熙熙攘攘

今夜在镜面爬行的过客
不知道镜片上方自己在哪里
我无法看到镜子里的自己

2022 年 7 月 5 日

在漫水涉江而过

水漫过沅江的时候
我打量脚下的轨迹
何等小心翼翼

涉过这条江去
干什么
屈原吟唱一咏三叹
始终没有正面回答
他只是逆流而上
完成一段地理上的迁徙
最终栖落在溆浦山中七八年
在没有归途的江这边
整理寂寞凄凉

一条长江的道路
终结于一个时代的尾声
多少个时代之后
我比他过得开心
今天有心思
在波峰波谷的距离里
琢磨离愁别恨

体会愤怒悲伤

在千年后求索

结合自己的体验

窥探先行者的意图

掂量放逐与回归的主题

在一盏渔灯的印象中

瞄准对岸的江堤

三十年河东四十年河西

这是我看得见的对比

今天水漫过我的血液

这是发源于心脏的一片汪洋

漫水

我正走在去看望一位九十三岁长者的路上

她如此清醒现实如此平淡慈祥

早就超过了屈原的智商

我毫不犹豫走过去

道路无比清晰

一千年后

人们都会讲起

我是在漫水这个地方

开辟道路

涉江而过

2021 年 8 月 24 日

在大海上想起王阳明先生

渺小得如一滴水
融入大海
我就与海一样博大

成为一滴水
反射或折射光
在海上行进
成为一道光

风高浪急中穿越
水平面上下沉浮
高潮低潮间起伏
波峰波谷间位移

很平常的对照
让我心里坦然
大海相比于宇宙
一滴水都不是
我又何必自惭形秽

想起王阳明先生

泛舟同一片海上

三千里黑暗中

命悬一线落荒而来

月明飞锡捡条生路

活下去才能开口谈心学

才能在风平浪静后说自尊无畏

一道光

反复丈量

扫射在王阳明先生身上

他与我擦肩而过

五百年才出一个的天才

出入风波里

五百年后

我深入浅出

在大海上挺进

2021 年 12 月 4 日

新晃：风雨桥和夜郎古国戏台

我穿越整个古国的边界
义无反顾来到夜郎西边
我踏步舞水河的波光
百转千回贴近风雨桥身
我在被遗忘的天空
反省回首历史芬芳余韵

尘封已久
时令已深
我决定收杯以前所有沉醉
选择在今后不眠
途经人间四月天
在十月左右的前途释放
跟你一起捡起重叠的脚印

在青石板上
在鹅卵石上
在同一段时光手上
在大道口在河湾中
风依然在吹

水依然在流

黄牛在行走

龙脑樟的四周

一个朝代光阴散尽

眼看那片叶子正落下去

我与你一道回来

背起奔跑的长征

拢聚过往的知音

在风雨桥端

将老相框上的稔熟容颜

在时间的底座上再次曝光

必然要感慨脚下的路

自然而然打量前世今生

在奔腾的夜空一觉醒来

我用十个指头

掀起满天光亮的一角

于披星戴月中

从不同凡响中

望眼欲穿

只见通达的渡口

豁朗的龙溪

桥延展路的前程

桥收缩脚的剪影

一盏桥灯彻照亭台楼宇
鸟儿飞过溅起前后的起落
戏台上
一代人生息空灵

今生注定一直在桥上守望
抵达古老故事情节
雷同的戏台
我们隔了故土江山
我们距离几百上千年轮

此时
刻进一条支支脉脉
糅入一些纷纷缕缕
在一咏三叹时分汇聚相逢

此时
桥巍然屹立
风声雨声贯穿无痕
一阵阵脚步猛然震醒
那是"咚咚锵"的画音
首尾连贯竞相呼应

桥与戏同存同行
我们一步步离开桥靠近桥

在向往中出发

在栖息中停留

在倦怠中回归

在萦绕中进退

故事在接近尾声时

出其不意拉开帷幕

入戏很深出戏平静

无数个面具伫立

新晃风雨桥

水涨楼高

一个偌大的黎明奔走相告

2021 年 10 月 13 日

去了趟清溪村

在布谷鸟的旋律里

我向挚爱的故乡攀登

耕种的季节在持续开花

七月的种子不断发芽

攀爬的藤蔓长满飞翔的心

我一路向前

美好山水和热望亲人

像溪流冲洗我的眼

滂沱的泪滴下在这片深沉的土地

我从附近的隔壁而来

我从遥远的梦境而来

清溪婉转着立波先生的足迹

乡愁里炉火烧得通红

且看茂盛的植被长满山腰

九十九度的水已沸腾

新火试新茶后

看着他与牛背并驾齐驱

在挽起的裤角上刻画种田人的茁壮

看着他观望家长里短

在蛙鼓的鸣叫中书写岁月人生

看着他打量幸福
渴望丰收与光芒
看着他祝福乡亲
翻动了四季的畅想

我沿着他的路走来
清溪的汗水与泪
注满我空空的行囊
我有了奔腾的渴望
布谷鸟划过晴空
清溪水秀
万户柴门春晖开
这一片久违的天空在仰望
新的巨变声响中
我一脚踏进刀石篆刻的山水大门

2022 年 8 月 31 日

在老乡周立波墓前

晒过太阳的人不应该有忧郁
打过架的人不知道害怕

在成熟人间
歌声与记忆不曾消亡
刚强与壮旺执著
美丽与真诚永生

这是您的选择
这是您最终的告白

我回顾您的全程
透支了自己的一生

2022 年 8 月 31 日

伫立在故乡

在新时代我仰望蓝天
发现星空
在过往岁月我俯视大地
找到故乡

太阳明月依然
土地丛林焕发青春
谁的云裳换了新妆
谁的爱恨故事绵长

不是每次相逢都会相拥
不是每次告别都被珍藏
巨变的山乡
是情热土
是梦原乡

2022 年 8 月 31 日

巨变中的每一刻

欢呼的大多数
一一列队经过
寓言与预言不断到达
穿越时空
寓言是领先的一部分
预言成为事实的全部

风吹草生
适应气候与环境
阳光与水一个昼夜打个来回
濡湿远远近近的光影

相见与再见
命运重复运转
所有人无意时空轮替

苍天大地已将时间地址发给我
我定位在何方去向哪里
无知选择已知的下一程

我头顶朝阳

照亮额头和眼睛

那是眷恋的故土闪送深情

2022 年 8 月 31 日

砚台上方的故乡

我在变化的曲线中
在蜿蜒的情丝里
一步不差
靠近细腻与柔软
仰望浓墨淡彩渲染的天际

俊朗的风吹过来
飘曳豁达
雨在下
在雨滴的空当
我径直走进故乡

于平和醇正中渐进
诗舞画音
顿挫提按
一壶酒的光景
故事
起承转合
描述人生

在转折处放松
于发力处传神
智慧的眼睛
如此明亮温润

在一个段落的尾声
我虔诚发誓
向您表达祝福
充满敬重
芬芳洋溢力透纸背
发自心底

一条大江浩荡
向东流
千帆竞渡
我在母亲河畔的阁楼上
领略线装书记录的乡愁

我反复临摹
顶礼膜拜的时光
洗涤半池荷塘
在款款的步伐中收笔
随后慎重签名
"辛丑仲夏于心灵故乡"

2021 年 7 月 13 日

知音

在同一个地球上
我抚摸了你挚热的心跳
在同一个太阳下
我看到你喜欢的风景

一样苦痛
一样向往
一样拂去风尘
一样归来仍是少年

追逐太阳下的风景
把祝福融入心跳
为道一声彼此平安
而竭尽所能

2021 年 12 月 24 日

敬礼，用我正写诗的手

我的脸在高速行进的列车上
朝北方呼啸而去
抵近一位翰墨飘香的大师
完成又一次课堂外的温习

山林大河在飞腾
我在漫无边际的时光之上丈量
人生的广度深度和长度
又在途经浩荡无垠的水稻田时
预先捧起丰满的一季
并且穿越到隔壁的荷花
端详最后炽热的容颜
这些惺惺相惜的物理
一直垂在我奔跑的正前面
几十年如一日扎堆不曾远离

一切期待的未来
都自然而来
常常只是在此时九月十日
古老的种子更加茁壮显眼
榜样在发芽之后传承

纷纷以大地的深沉
以阳光的芬芳
在我写诗的手臂前
以最具善美与真诚的方式
一一点名
人物故事情节全部到齐

我如此地热爱
我经历的一切过往
如烟如尘
被您堆积成沃土上
一再飞跑的起点

我如此地感恩
努力向您靠拢
靠近真实
在长大前就塑造心灵
在长大后依然怀有信心

我用口口相传的乡音朗诵
为您写的诗
此刻大义深明格局宏伟
意象向前向上递进
循循善诱追随弥漫长空的风

2021 年 9 月 10 日

时光的水滴声在人境响起

哒哒
无非是过客与归人
在沉默的往事里跨越
在喧嚣的未来中横空

哒哒
在我的眼皮底下
完成了从此岸到彼岸的行程
让我感受到你中有我非同寻常的撕扯

哒哒
它是一条被高高举起的鞭子
是一把凌空而下的悬剑
它逼迫我在有限的距离里提速前行

哒哒
几乎所有的人都在各自冲刺
包罗万象的引导
一股无形幻影
最终在全部人生的尽头堆积

哒哒

我向一位九十五岁老人的葬礼靠近

进行曲如此急促

把我的睡眠惊醒

哒哒

我如此悲伤冷静

殊途同归

事实上不曾签约的承诺

在一一排列兑现

队伍中的形象

转瞬即逝无法形容

哒哒

是一条几乎可以略去的病根

最终努力开了花结了果

血管里挤满起伏里的余波

惊涛的下端是一对翅膀

要沉下去要浮起来

现实的纠缠讳莫如深

哒哒

我在哀乐中端详一段九十五年的记忆

她留下唯一的印迹

是无意中被我第一次窥视到她已经隐去的光阴

哒哒
时间的水滴
敲击我行进的反光镜
我发现了其中又一轮朝阳的脸

2022 年 5 月 21 日

柳树湾风里的雨滴

鸡叫三遍后
我反复听到雨声
这些来自沅江的精灵
经历翻滚升腾
成为气浪
在高空压力场作用后
介入我的行程
打湿一夜阑珊

我的兄长辉学
一直活在这道江边
他来来去去
总在柳树湾徘徊
我尾随他来的时候
沅江一夜暴涨
漫过我的堤坝
让我失守一泻千里

河流来了去了
宽大的河道容得下陈年旧酿
我的视线纵览兄弟的滩头

理解岁月时光携程的家园
看到水浅湍急的前面渊潭旋转
静水深流处变不惊
一根水草隐藏起多少奥秘
大小的码头接二连三
人群从千年前陆续上岸
一些凡人的正常生活尽情释放
比方船夫纤夫在吊脚楼上
把一铺床弄得山响
我在一条条向着江堤汇合的巷口
在张灯结彩的后面
侧耳倾听看千帆竞渡
明白奔涌的力量不改当年
历史在这里拐了一个弯
蓄积新的活力

我端起江面喝酒
水位很高
目测瓷碗上漂过的柳叶
就像一阵风路过人间

没错
我在沅江边的柳树湾
被风里的雨滴打湿眼圈

2021 年 8 月 24 日

昨晚我独醒

大门闯开
张灯结彩
日常的状态鱼贯而入
每一天都是节日
每一晚都自主呼吸
道理简单
理由很多
有关累积的责任或使命
逼迫我
在脚步底层
放下紧张而麻木的神经

今夜我释怀
准备绽放
今夜令人难忘
珍惜大大小小的悲欢
切入悠思与深省两门功课
尽力忘了墨迹里的伤疤
忘了灰烬中的痛
灵魂的良药
煎熬兴奋冷却麻醉

接受张仲景华佗的帮助

李白杜甫的陪伴

知音有几位陆续出现

还有蔡栋大师和白酒供应商永军

我与他们说笑吟诗

彼此倾心

丝毫没有沉沦或故作高深

我们试图抄近路回顾与展望

故事横亘在路中间

路堵成了死胡同

只好掉头往前走

几十杯酒燃烧

蓬勃的天空镀亮每个人的心

大家群情振奋

显得问心无愧热爱生活

火一样的云在闪耀

余霞点亮写诗的手

酒不醉人我独醒

今天我回想起昨晚的经历

又一次下了决心

生活在继续

酒继续

2021 年 6 月 30 日

634

在江河拐弯处，观景台为我独自拥有

　　江水冲刷江道形成一个三百度左右圆环后，默默向下游流去。那天看到这个现实景观的只有我一个。

　　　　　　　　　　　　　　　　　　——题记

穿越白桦林
就像一阵风卷起时光
端详一片云
犹如远去的帆影与飞跃的翅膀

诗流传很远
像江山一样翻滚
树皮与花瓣掉下来
皱纹挣扎，时光把它描摹
平凡得像一个画中人

我驻足很久了
如此在风中回眸
在云中翘首
在江中耸立
不在意有没有人知道我此刻的经历

只要风与云证明我曾经来过

松涛阵阵
在我耳畔浪花一样冲洗
现实的江河
徘徊不前

所有的江水
都迂回在大地上
所有的人生
都隐藏在航程中

向东去，付出沉重的力气
发誓一条道走到黑
天明不是问题
我不能回忆过去
因为无法回到从前

这是一方确定的土、确定的水
在边界线上流浪
不确定的是我
风云伴江水都在前行
我没有停顿的理由
每一缕风景，都铺就前世今生

我历次走在生命的边缘

在云中叹息江上人间烟火

注目悬崖上吹干的伤口

在风中滴完全部眼泪

华丽转弯，婷婷玉立

发现深流的源头生生不息

2023 年 8 月 20 日

自跋

　　人生的最终与唯一意义，在于活着。

　　活着，感知悲欢，享受孤独，适时完成作为人的使命与责任，见证生活的得失，在感恩中迈出人的步伐。当人生结束，脚印消失，只留下这些记录孤独的诗篇飘散在风中，后来人看见与否懂得与否在乎与否，不得而知也无关紧要。

　　孤独让我陷入生活后从容自拔。祝福你也一样。

　　在孤独贯穿的人生中，让孤独成为一种独特风景与正向力量，这需要努力，就像为完成人生的意义而努力活着一样。

　　这是诗的创作主旨与存在价值所在。

　　孤独没有停顿，不断享受它，未来已来，没有尽头。

图书在版编目（CIP）数据

享受孤独／贺永强著．－－北京：作家出版社，
2023.10
ISBN 978－7－5212－2505－1

Ⅰ. ①享… Ⅱ. ①贺… Ⅲ. ①诗集 – 中国 – 当代
Ⅳ. ①I227

中国国家版本馆 CIP 数据核字（2023）第 174804 号

享受孤独

作　　者：贺永强
书名题写：周其凤
作者像素描：贺吉翔
创意策划：王　雪
责任编辑：邢　与
装帧设计：惟　惟
出版发行：作家出版社有限公司
社　　址：北京农展馆南里 10 号　　　邮　　编：100125
电话传真：86 – 10 – 65067186（发行中心及邮购部）
　　　　　86 – 10 – 65004079（总编室）
E – mail: zuojia@zuojia. net. cn
http: // www. zuojiachubanshe. com
印　　刷：北京盛通印刷股份有限公司
成品尺寸：133 × 214
字　　数：310 千
印　　张：20.5
版　　次：2023 年 10 月第 1 版
印　　次：2023 年 10 月第 1 次印刷
ISBN　978 – 7 – 5212 – 2505 – 1
定　　价：88.00 元